王鼎钧 著

谈作
wén
文

图书在版编目（CIP）数据

谈作文 / 王鼎钧著. — 南京：江苏凤凰文艺出版社，2018.9
ISBN 978-7-5594-1490-8

Ⅰ.①谈… Ⅱ.①王… Ⅲ.①随笔－作品集－中国－当代 Ⅳ.①I267.1

中国版本图书馆 CIP 数据核字(2017)第 302906 号

书　　名	谈作文
著　　者	王鼎钧
责任编辑	黄孝阳　汪　旭
出版发行	江苏凤凰文艺出版社
出版社地址	南京市中央路 165 号，邮编：210009
出版社网址	http://www.jswenyi.com
印　　刷	徐州绪权印刷有限公司
开　　本	880×1230 毫米　1/32
印　　张	7.375
字　　数	107 千字
版　　次	2018 年 9 月第 1 版　2018 年 9 月第 1 次印刷
标准书号	ISBN　978-7-5594-1490-8
定　　价	39.00 元

（江苏文艺版图书凡印刷、装订错误可随时向承印厂调换）

序

徐 学

当今的语文教学，上上下下都不满意。有一次与余光中先生聊天，说到他的《乡愁》列入教材，学校考试有标准答案。我说，要是您去回答《乡愁》的考卷，一定不及格。先生莞尔。

作文又是语文教学中最令学生恐惧的环节。校园里广泛流传这样一首顺口溜："学生三大怕，一怕写作文，二怕文言文，三怕周树人。"作文为"三大怕"之首。

作文是否可教，偏向两个极端。认为不可教者放任自流，引经据典是鲁迅的话："文章应该怎么做，我说不出来，自己的作文，全凭多看和练习，此外并无心得和方法。"而认为可教者，病急乱投医，各种"补习班""作文大全"和"教辅读物"应运而生。学生不堪重负，旧病未去又添新伤。

幸好，我们还有王鼎钧，数十年朝拜缪斯成就卓著，途中亦不忘与学子分享写作心得。有人认为美食家不应去吃大排档，音乐家别听呐喊军歌，文章家切莫改卷子，鼎公却心怀悲悯，把引导青年学子习得中文，视作救赎志业。

一九六一年，他三十六岁，单身且立志独身，一心想写一本书，将作文经验传授给青少年。为了让这本书更贴近中学生，他决定先找一家中学,以授课来把握他书稿写作的分寸感。

名校当然不会聘他,只有进入差校。刚去授课时,教室如茶馆,他一说话学生即谈天,他讲课时若说出"马、吗、麻"时,女生立刻大声叫"哎",表示升格为"妈";若说出"八、拔、罢",男生亦齐应,表示升格为"爸"。对此乱相,他并未灰心,而是设计在讲课时穿插一些小幽默、小典故,终于学生发现新来老师说的话比同学间瞎聊更为有趣,教学秩序终于建立。

于是,他开始授课,一连教了几所学校,将教学与作文经验融会贯通,写指导青少年写作的系列,二十年不懈,计有《文路》《讲理》《文学种子》《作文七巧》《作文十九问》近十种。

编选此书与阅读此书,对作者的苦心孤诣戛戛独造,应当心存敬意。当然动机与效果有时并不一致,爱心也并不就等于慧心,我们还应检点一下鼎公的成绩是否亮丽。

亮点一,此书颇为注重引入现代新学科,鼎公将自己多年揣摩于心的逻辑学、传播学、文体学、语言学、修辞学等现代人文科学揉入其中,让学子磨砺理性,学会深入思考,大胆质疑。这是现代智能训练。

亮点二,饱含着丰富的审美熏陶,诗词谚语琳琅满目,故事情节扣人心弦,戏剧场景高潮迭起,方块字在他的擦拭下,焕发光彩。学子随着他进入文章天地,熏风初暖,新秧翻绿,芳草鲜美、落英缤纷。

亮点三,循循善诱中有深深期盼,树立起一代宗师的师道。他立下志向,为学生服务,为文学尽心,为生民立性情,为万世开文采。

他说,中国的前途在年轻人是何等人,不在大坝大桥大楼大厂。

鼎公当年写此一系列,开笔时亦有效法前贤,如夏丏尊等名家,当时茅盾、叶圣陶等名家也写过指导青年作文的小册子,今天读来,鼎公的文字与内容已逾越前贤。这并不奇怪,在写作时,他的年龄已经超过前辈写作此类书的年纪,他的阅历和眼界更为开阔,他对写作的认知也更为深入。

所以,亲爱的青年朋友,我们有幸得到一位思虑周密、用心良苦的语文老师,他学问大,口才好,有耐心,他把他多年的心得,用简洁隽永的语言说出。他的书还很多,我们可以先从眼前的这一本开始,渐渐扩及到他的全部著述,积以时日,你不但不会害怕作文,还可能成为一位作文的爱好者,或者竟然发现你也可以成为一个像鼎公一般的文学家,写出经得起岁月长河冲刷的文章。

是为序。

戊戌年清明于厦门大学

目 录

就事论理	1
补习	12
肌肉	27
审题	41
起承转合	51
推论	62
章法	72
说故事	82
直叙	93
综合	111
有隐有显谈比喻	132
反问	145
是非法	158
字	173
句	182

炼字	191
读诗	200
我学习的三个阶段	209

就事论理

杨老师的一群学生关心论说文的作法,喜欢读报纸上的方块专栏,常常把自己喜爱的文章带到学校里来,跟同学们一块讨论。

且说这天,刘保成发现这样一篇短评:

长短轻重

不错,闹市施工建筑,像翻修马路,埋水管电线,居民行人要承担痛苦。在这个大原则之下,好政府、好官吏尽量减轻缩短人们的痛苦,没有效率的政府却无情地加重延长。

大都会交通繁忙,而交通又常常为修路的工程阻塞,而立了合同定下进度的工程,又总是一再延期。目前正在施工翻修的一条干道,拖了三年,到现在满街坑洞,废弃的材料和待用的材料长久堆积,尘沙漫天飞扬,加重了也延长了市民的痛苦。

台湾是个有台风的地方,每逢台风带来豪雨,马路积水成河,行人看不见水底有坑,一步错了就得游泳出来。我们亲眼看见摩托车的骑士一头栽进去,若非行人仗义营救,恐怕会淹死。成什么话! 这样还能算是现代都市吗?

这般遭遇,常使都会中的小市民苍茫四顾,思量市长干什么去了? 议会干什么去了? 社团干什么去了? 偏偏现在是冬天,冷风吹上行人的脸,把他们吹成孤儿。

这时候,我们选出的议员,应该站出来发表公开声明,谴责工程质量恶劣,或者提案彻查工程有无弊端。如果他不作声,请纳税人记住他的名字。这时候,市长应该站出来有个说法,作个交代,应该亲自到工地视察,督促改善,如果他不现身,请纳税人也记住他的名字。

痛苦也许无可避免,但"延长"和"加重"都可以预防,应当预防而不能预防,就是失职。你我身为选民,大家发个誓,许个愿,那失职的人,我们牢牢记住他的名字,他以后再出来竞选,咱们说什么也别投他,谁来拉票也别理,宁可把票投给他的敌手。

短评的作者署名"易言"。读完了,大家开始推理:骑摩托车的人栽进马路上的水坑里,正是在他们学校门外发生的意外事件。别的地方有没有发生过? 没听说。写文章的人说他"亲眼看见",莫非这位"易言"就住在学校附近? 报纸的读者一向想知道时事短评的作者是谁,因为这一类短文贴近他们的生活。

从此他们注意易言的小专栏,两天以后,他们又看见一篇:

媒体·霉体

台北,一个姓吴的,跟一帮恶少结伙,去绑架仇人。他们把三个仇人押到郊外,痛打一顿,再强迫三人用自己的十根手指头挖坑,挖到血肉模糊,然后,用那个坑把三个人活埋了。姓吴的承认,他是从电影学来的。

香港一名大盗,开着号称"怪手"的挖土机,挖走银行门侧的自动提款机。那玩意儿的重量是七百五十公斤,牢牢地砌在钢筋水泥的墙壁里。他怎么会想到使用"怪手"?也是看电影,学作案。

还有一个地方的报道说,两名十七岁的男孩,挟持一名十岁的孩童,先把他勒死,再打电话给他父亲勒索赎款。他们还把男童的眼珠子抠出来,以防警察从死者的瞳孔里看见凶手的影子。这一切,全是电影告诉他们的。

美国的例子就更可怕了:洛杉矶,十七岁的少年和他十五岁的表弟,非常喜欢一部叫《惊声尖叫》的电影,一连看了十几遍。一天,他们就模仿电影情节,用四把型式不同的刀子和一把螺丝起子,在母亲身上刺了四十五个伤口。任她尖叫死亡。

在达拉斯,七岁的男孩醉心于电视上的职业摔跤,摔死了他三岁的弟弟。

评论家谈论暴力问题,创造了新的名词:演示暴力过程供人观赏,谓之"暴力游戏",暴力思想和技术,谓之"暴力文化",公认两者有连带关系。美国儿童在年满十八岁时,已看过四万件谋杀游戏,二十万个骇人的暴力场面,其他国家呢?天知道其他国家的统计数字是多少?

长期密集的暴力表演,形成暴力文化。既是文化,也就自然而然跟着做,不知道那是错的。所以,有一天,他们犯了罪,站在法庭上受审,还无所谓,不后悔。暴力表演使许多人的心智麻木了,把许多人的恶性激发出来,不啻在人群中预置了无数定时炸弹。他们可能是幼年人,可能是青年人,也可能是中年人。

想不到,距离鲁迅写《救救孩子》八十年了,怎么反而听见有人哀呼"救救人类"?!

龚玫读了这篇文章,向吴强、刘保成、金善葆等人挥舞报纸,大喊:"我知道文章是谁写的了!"大家的脑袋朝文章凑过来合计一番,没错,小专栏的执笔人是杨老师,他前天对同学们说过,媒体可以是"美体",也可以是"霉体",全看怎么使用。

大家到办公室找杨老师,杨老师笑一笑,证实了同学们的推测。

"老师为什么早没告诉我们呢?"金善葆问。

"写这种小专栏,作者照例使用笔名,有人来问,不说谎,没人来问,自己不张扬。"吴强提出一个比较重要的问题:"老师!您这篇文章的写法,跟以前在课堂讲的方法不一样?"

杨老师说:"对!说来话长,我们上课的时候再谈。"

"其实,《媒体·霉体》的写法,和我以前讲过的文章作法,仍然是一致的。"杨老师说。

我以前说,写论说文先有一个是非判断的句子,接着列举证据,用算术公式表示,是 3＝1＋1＋1。现在把排列的次序换了一下,写成 1＋1＋1＝3,也就是先列举证据,后建立是非判断。

你们看,《媒体·霉体》先举五个案例作证据,指出电视和电影中的暴力表演,会在社会上产生暴力行为。暴力表演太多了,无法都写出来,所以下面使用统计数字,使读者以此类推,想象后果之严重。最后该下结论了,没有出现是非判断的句子,以反问的语气让读者去思考,是非判断却在题目里抢先预告,它说媒体也是霉体。

杨老师用强调的语气说:

文章并非只有一种固定的作法,所有的作法都可以变化。

还有,文章作法有我们已经知道的方法(前人留下来的方法),还有我们不知道的方法(今人和后人继续创新增添的方法),教书的人只能教已知的方法,也鼓励实验未知的方法,不过要注意,升学考试一定要用已知的方法,考场可不是你的实验室哟!

龚玫发问:"老师说过,媒体也是'美体',媒体提供知识娱乐和新闻,对社会有很大的贡献,怎么没有写出来?"

杨老师欷然一笑:这种小专栏有它的局限,它只有巴掌大一块地方,只能写几百字,如果面面俱到,恐怕多半要写成一篇大纲,读起来枯燥无味。它多半要重点突出,吸引读者的注意力。再说,小专栏的文章由新闻报道引起动机,社会上发生了活埋仇人的新闻,报纸上也就立刻出现《媒体·霉体》这样的文章。

最后,杨老师说:"我也有很多材料,证明媒体也是'美体',只要有机会,随时可以再写一篇。"

洗　手

"饭前便后一定洗手。"我们都从小接受这样的教育,照情理推想,人人都养成了洗手的习惯,彼此都可以放心。

可是,有位市议员说,据他调查,那些路边摊卖食物的人,便后并不洗手。他的报告使人大吃一惊。谁没吃过路边摊?逛夜市,吃小吃,还是招揽游客的文化特色呢。岂有此理,大家这样看重你,你怎么可以?你太对不起顾客了!

我们推想,路边摊做生意取水困难,只好"免洗",另外有些地方,既卖食品,又有自来水"哗哗"流淌,他们的手当然干干净净。谁知道,据美国一个叫"国际研究公司"的机构调查,食品店里拿最低工资的人,便后不洗手。为什么?理由总是有的吧,我们可以推想,他们待遇低,心情坏,自暴自弃。大餐厅收费高,小费多,工作人员一定不会如此。

很不幸,这个想法又错了!由法国来的消息说,一个法国人上餐馆,闻出花生米有尿味。他知道问题出在哪里,回家以后,用他的工程知识和天才设计了一套装置,如果上厕所的人不洗手,厕所的门打不开,人走不出来。

有人推想,中国人的民族性不好,大家懒得洗手。其实不然,你看,这里那里,天下乌鸦,这不是种族问题,这是习惯问题,坏习惯哪个民族都有。法国那位发明家枉费心血,没有几家餐馆采用他的装置。从这些地方可以发现普遍的人性。

《纽约时报》说,美国每年有九千人因不洁食物而死,有八千万人因不洁食物而病,数字令人吃惊。食品不洁,原因很多,无论如何一双手难脱干系。难怪有人尽量不吃外面的东西，自己带饭盒，食物简单，但是卫生可靠。单身汉别偷懒，加入烹饪班学几手，自求多福，还可以用它广结善缘。

当然还是要寄望餐馆、食品店、路边摊知过能改，他们毕竟是社会上必须有的行业，为自己的利益，他们也必须设法增加社会对他的依赖，而非使社会减少依赖。

从此，全校学生每天打开报纸，第一件事就是找"就事论理"的小专栏。倒也不是每篇都爱看，有时候，不大懂得他说什么。有时候，对他讨论的问题没有兴趣。这天看《洗手》，人人发出会心的微笑，你问我洗手了没有，我问你洗手了没有。爱找材料的人到厕所里去观察，发现谁不洗手，就当作新闻大声传播。有人说，他很想待在厕所里三天不出来，统计不洗手的人有多少？不洗手的原因是什么？年级是不是一个因素？

独有吴强，心里想的是作文。果然"文无定法"，这篇《洗手》的写法又和《媒体·霉体》不同。怎么一句推想连一句推想，全是由推想写成？

放学后，他单独和杨老师讨论这个问题。杨老师说：

不错，这篇短评有三个地方使用了"推想"，有两个地方不用"推想"两个字，也是推想的语气。

不过这篇短评并非完全建立在推想上，而是建立在证据上。四个证据是：市议员的调查，国际研究公司的报告，法国人发明的特别装置，还有《纽约时报》的新闻报道。我没有把四个证据排列在文章开头，也没有排列在文章结尾，我把它们分散布置在文章里。用什么连接？怎样贯串一气？用五个"推想"。这样写比较活泼。

"推想"是证据的延伸，从已知延伸到未知，它也是论说文的一种技巧。使用推想要小心，用推想得来的结论往往不可靠。成语不是有"瓜李之嫌"吗，你在果树下面整理头上的帽子，人家在远远的地方推想，以为你偷水果。你在瓜田里弯腰穿鞋，人家在远远的地方推想，以为你偷瓜。其实全错了。

杨老师说："你看，洗手不停地推想，也不停地推翻推想，暗示推想不可轻易使用。同时文章因此有起伏。有峰回路转柳暗花明的趣味。"

夜晚，杨先生埋头写他的专栏。

激光作用

激光笔是什么东西？一年以前还有人这样问，现在，激光笔很普遍了，太普遍了，出售儿童玩具的商店，都拿激光笔做赠品，供孩子们玩耍。

小孩子玩激光笔，安全吗？有心人开始忧虑。激光笔的形状像笔,功能像灯,能像手电筒射出一道激光来。听说用激光开刀吗?那么用激光笔射人,虽然光的能量极小,也能把人的眼睛照痛了。所以各小学要禁止学童带激光笔进学校了。

还有别的顾虑没有?有!激光笔能射出光点,指向挂在墙上的图表,使听讲的人注意某一部分内容。有一种利用激光瞄准的枪,在暗中射出光点,直指目标,光点即是弹着点。于是,这样的事情发生了:夜晚,街头,有一个顽皮少年,用激光笔射出光点,指向值勤的警员,你可以想象这等事十分危险,警员夜间在街头执行勤务,精神比较紧张,如果哪位警员以为自己被人用枪瞄准了,如果他觉得生命正受到威胁,如果他以其职业训练、固定反应,立即拔枪还击,如何得了。

还好,那个顽皮少年仅仅被警方当作恐吓罪嫌侦办。那个被激光笔瞄准的警员很镇定,很老练,没有过度反应,了不起,应该受到表扬,你说是不是?

怎样表扬?至少,舆论可以称赞他。"称赞一切可以称赞的行为。"能在浊世中起一点澄清的作用。至少,孩子的父母可以写信给警察局长,请他注意部下优秀的表现,全局的警员都可能得到无形的指引和有形的鼓舞。健全的社会，就是这样"针尖挑土"建造的。

激光笔的问题怎么办？激光笔是成人的文具，不是儿童的玩具。今天儿童玩具是大企业，大生意，玩具的品种数不清，新品种新设计应接不暇，任你精挑细选，兴利除弊，何必姑息激光笔？儿童没有见识，希望商家有；商家没有见识，希望家长有；家长没有见识，希望政府有。说到此处，无路可退，最后责任在政府。

文章写到这里，杨先生从头看一遍，心中暗想："我又换了个写法。这次全篇用对话的口吻，好像两个人一路商商量量往下说，不是自问自答，也不再一人独白。读这篇文章的人，会觉得仿佛面对作者，谈天说地，读者一定会喜欢这一份亲切自然的情味。但愿我的学生，明天都一读这篇短文，但愿他们，尤其是吴强，能发现这次不同的写法。"

补 习

一

升学竞争愈来愈剧烈，每一位家长，都希望他的子女能在考场上击败别人，进入理想的学校。由各学校组成的考试委员会，为了使名落孙山的考生心服，在出题的时候费尽心思；而准备应考的学生，为了攻破这一座坚强的堡垒，天天努力充实自己的学力。学生跟学生之间在竞争，学生跟考试委员会之间也像在竞争。在这种尖锐无情的竞争下，正规的学校教育不够应付，"补习班"应时而生。补习班的教学是专门针对升学考试而设计的，升学考试如果是一场战争，"补习"就是战争前的参谋作业。

一天，天助补习班的主任朱先生来拜访杨老师，寒暄过后，朱主任说明来意："杨兄！我想请你到我们补习班兼点课？"

"你想叫我教什么？"

"我想新开一门课程，叫'作文研究'，由你来担任，你看好不好？"

"作文怎样研究呢?我从来没有想过!"杨老师说。

"杨兄!所谓作文研究,就是文章作法。"朱主任急忙解释。

"为什么不叫文章作法呢?"

"我觉得,'作文研究'四个字的气派比较大。"

"好吧,"杨先生说,"我们先来研究研究:这门课怎么个教法?"

"现在的学生,不怕写抒情文,最怕写论说文。年轻人,情感都很丰富,伤春悲秋,无论如何可以写几句;论说文要有见解,就难住了他们。现在考试偏偏喜欢出论说题,我们补习班很想加强这方面的教学,作文研究其实就是论说文作法。老兄,你看这个构想有价值没有?"

杨先生说:"对我很有价值,我可以赚到钟点费。"

两人哈哈一笑,就算谈妥了。

第二天到补习班上课,杨先生看见教室里坐满了学生,知道需要来"研究"作文的人很多。他走到讲台上,先来一段开场白:

"朱主任对我说,你们写抒情文都写得很好,你们写论说文都写得不好,你们都想暂时放下抒情文,研究研究论说文。本来,一个人如果喜欢抒情文,就该去抒情,一个人如果不喜欢论说文,大可以不论不说。可是你们没有这个自由,你们要升学,要考试，考试委员常常出论说题，你们不得不在考前研究论说文。

"要写抒情文，得先会叹气，要写论说文，得先会抬杠。会叹气的人很可爱，他在那儿轻轻叹一口气，你觉得他有点软弱，有点温柔，如果他在那儿跟你抬杠，你说台北市的公共汽车办得好，他偏说很糟；你说中国电影不进步，他偏说进步很大，你觉得这个人真别扭。抒情的人去看晚霞，看杜鹃花，看女朋友的眉毛，写论说文的人不看这些，去看你做得对不对，他做得对不对，孟子说得对不对。你们放下自己喜欢的抒情文，来学自己不喜欢的论说文，很可能减少了你可爱的地方。这是你们的冒险。在今天的情势下，你们也许觉得，宁可做一个在考场上胜利而未必可爱的人，不愿做一个在考场上失败而可爱的人。

"我们应该怎样写论说文呢？论说文跟抒情文的分别在哪里呢？我的答案是：论说文的句子，是一种'是非法'的句子——"

讲到这里，杨先生看见后排有几张面孔笑眯眯的，怎么看上去这几张脸孔很熟？可不是吗，那是金善葆呀，刘保成呀，赵华呀，吕竹年呀，吴强呀。他第一次看见吴强的笑容。原来这些人也来参加补习！

二

在补习班讲课的时候,杨先生把论说文的写法列成下面的条文:

1. 用"是非法"的句子组成骨干。
2. 为这个"是非"找两个以上的证据。
3. 如果可能,准备一个小故事。
4. 如果可能,准备一两位权威的话。
5. 如果需要,准备一些诗句。
6. 如果需要,准备使用描写、比喻。
7. 偶然用反问的语气。
8. 偶然用感叹的语气。

杨先生的第一篇"示例"是《法古今完人》。先把骨干建立起来:

> 古代有一些人有完美的人格,值得后人效法。现代也有一些人,有完美的人格,值得后人效法。效法那些人格完美的人,可以使我们的人格减少缺点,进而达到完美的境地。

再找两个证据：

　　1. 唐代王义方的母亲,效法汉代王陵的母亲,成为贤母。

　　2. 颜真卿效法他的哥哥颜杲卿,成为忠臣。

准备一个小故事：

　　《西潮》里面关于抗日的小故事。

准备引用"权威"：

　　"养天地正气,法古今完人。"

准备引用诗句：

　　"为严将军头,为嵇侍中血。"

反问的语气：

　　1. 庸庸碌碌的一生能满足我们吗?

　　2. 如果文天祥只佩服自私自利的人物,他还能在国家危难的时候奋不顾身吗?

感叹的口吻：

　　1. 多么悲壮啊!

　　2. 真是痛苦极了!

下面是根据这些资料写成的文章:

历史上很多人的人格很完美,使后人感动,使后人羡慕,更使后人立志效法他们。

《西潮》里面有个小故事,很有意思。中国在对日抗战初期,牺牲很大,民心士气却非常高昂。蒋梦麟先生看见一个小孩子拿着半截竹竿跟一棵大树作战,这孩子从四面攻打那棵树,最后躺在地上说:"我要死了!日本人把我打死了!"看!前方将士英勇的精神,这样强烈地感染着后方的人民。

无论在古代、当代,完美的人格都能这样有力地影响别人,谁受到这影响,谁就有希望做出同样伟大崇高的行为,使自己的人格也接近完美的境地。唐代的王义方想弹劾奸臣,又怕奸臣向他报复连累母亲受苦。他的母亲知道了儿子的心事,就慨然说:"从前,王陵的母亲要王陵专心为汉家立功,要儿子永远不必顾虑母亲的安全,就自杀而死。现在,我的儿子可以比得上王陵,我这个母亲也比得上王陵的母亲!"她勉励王义方放胆去为民族尽大孝。王陵的母亲是贤母,王义方的母亲效法她,也成为贤母。

在唐代,李希烈造反,强迫颜真卿投降。颜真卿想起了自己的哥哥颜杲卿,颜杲卿被安禄山捉去的时候,不但不肯投降,还大骂安禄山是奸贼,宁可被安禄山杀死。颜真卿向他的哥哥学习,他同样不屈服,同样宁愿牺牲。他也和哥哥同样成了忠勇爱国的名臣。

做一个平庸的人是很容易的,可是庸庸碌碌的一生能满足我们吗?我们需要一种力量来脱离平凡的境界,变成有光有热有贡献的人。古今完人能给我们这种精神力量。试想王义方的母亲宁愿不顾全家的生命安全,内心真是痛苦极了!全靠王陵的母亲在支持她。颜真卿宁愿死不降贼,是多么悲壮!颜杲卿能增加他的勇气。文天祥是我们的伟大榜样,可是在文天祥心目中,他也有自己的榜样,那就是"为严将军头,为嵇侍中血",《正气歌》里面的那一长串的典故。如果文天祥只佩服自私自利的人物,他还能在国家危难时奋不顾身吗?我们也该找一些完美的人格做榜样,我们也需要那种精神力量吸引我们奋发向上。我们一旦确实得到这力量,就能减少人格上的缺点,甚至能创造一个完美的人格,使后人感动,使后人羡慕和模仿。

"养天地正气,法古今完人。"我们拿这句名言来勉励自己吧!

三

这种"作文研究"不需要讲义,也没有作业。上课以前,教师先"研究"作文题目,把招生委员会最可能出的题目开一张清单,告诉学生这个题目怎样写,那个题目怎样写,向学生提供许多资料。这些资料,有时候对另一个作文题也能适用——例如颜真卿的事,《法古今完人》里面可以用,换一个题目《谈模仿》未尝不可以用;《西潮》里面的小故事,写《法古今完人》可以用,写《民族精神教育的重要》又未尝不可以用。下课以后,学生"研究"自己的笔记,熟记这些资料,思索它们对别的题目有没有用处。杨老师讲"作文研究",根据他的"杨八条"来搜集资料,不过到了第二次去上课的时候,他对学生说:

"那个所谓'杨八条',并不是一条也不能缺少。一篇论说文,不一定要有反问的语气、感叹的口吻,不一定非用描写、譬喻不可,不一定要引诗,更不一定要穿插故事。这些都是可有可无的。大体说来,你的论说文必须有个思想骨架,必须找出两、三个证据,这两项顶要紧,其余几项,在不得已的时候可以减少。"

为了使学生知道"死法活用",他特地选了另一篇文章《谈守时》：

"燕子去了，有再来的时候；桃花谢了，有再开的时候；可是，聪明的你，请你告诉我，为什么光阴一去不复返呢？"

这一段话，是五四时代的一位文艺作家，在一篇散文里面所发出来的感叹。是的，光阴一去是不会回来，不是原来的燕子，桃花再开，不是去年的桃花，因为光阴一去是不会回来的。

光阴既然一去不回，我们就要爱惜光阴，时间既然一去不回，我们就要把握时间。西洋人说得好：时间就是生命。

为了爱惜光阴，把握时间，我们都该遵守时间，如果不能遵守时间，很多时间就要白白地浪费。浪费时间就是浪费生命。

由于不能遵守时间，以致浪费了时间、生命，这样的例子是很多的，比方说，开会。在民主社会里面，凡事需要商量协调，开会的机会很多；可是，会议多半不能按照时间开始，按照时间结束。七点钟开会，八点钟到齐，是很流行的俏皮话。开会的时间到了，只见会议室里面，小猫三只四只在嗑瓜子打发时间。开会的人要陆陆续续地来。会议既然不能按时开始，也就当然不能按时结束。预定七点开会,九点结束,极可能是八点开始,十点结束。开会以前,大家损失了一个钟头,开会以后,大家又损失了一个钟头。

有的人没开过会,但是常常参加朋友的婚礼。结婚典礼总是不能准时开始。让我们回忆一下:请帖上写五点观礼,有在准五点行礼的没有?请帖上写六点入席,有在准六点入席的没有?似乎没有。很难碰到这样守时的新郎、新娘。客人知道你不会准时开始,也就不按时间来,办喜事的人明明知道你不会准时来,更不按时间开始。这样互为因果。参加一次婚礼,通常要花掉你三个小时,在这三个小时里面,观礼不过用掉二十分钟,吃饭不过用掉一个小时,合起来,不到一个半小时,其余的一大半时间,都在闹哄哄的气氛中混过去了,真是可惜。

还有一件不守时间的事情,就是男女约会。如果某先生晚上八点钟约某小姐喝茶,他能在八点钟见到那位小姐吗?不能。他能在八点半见到那位小姐,就是运气很好。说不定,他得等到九点。由八点到九点,这一个钟头是浪费。那位望穿秋水的先生,坐也不是,站也不是,心乱如麻。他穿得整整齐齐的,西装很挺,衬衫很白,皮鞋很亮,领带的颜色很鲜艳,独自一个在那儿东张西望,我们到处可以看见这样的人。在车站旁边,在公园门口,在茶座上,到处都有。当你遇见这样一个人的时候,你可以知道,可怜,有一个女郎在杀死他的时间。

时间就是生命。时间不能浪费。不要随便糟蹋自己的时间,也不要随便糟蹋人家的时间。爱惜时间,可以从守时做起。所以,我们在这儿呼吁:遵守时间!遵守时间!第三个还是遵守时间!如果人人都能遵守时间,这个社会会更可爱一些。如果人人遵守时间,我们可以多出不少的光阴,等于一星期有八天。嫌日子太长的人当然无所谓,如果我们觉得光阴可贵,如果觉得光阴可惜,那就实在不能不考虑这个问题。

杨先生说:"这篇《谈守时》,没有故事,没有诗,它仍然算是一篇像样的论说文。"

杨先生又说:"这篇文章,引用了一家杂志上的统计,又引用了一句'时间就是生命',算是引用'权威'。这篇文章形容会议室里面很冷落,说是小猫三只四只嗑瓜子;说那些等女朋友的人穿得整整齐齐,西装很挺,衬衫很白,皮鞋很亮,领带的颜色很鲜艳,算是用了描写。这篇文章用过反问的语气:有在准五点行礼的没有?他能在八点钟见到那位小姐吗?这篇文章也用过感叹的口吻:可怜,有一个女郎在杀死他的时间。这些都不是最重要的。"

什么是最重要的呢？杨先生说："这篇《谈守时》有一个骨架，那就是：守时可以把握时间，不守时就会浪费时间。我们要把握时间，不可浪费时间，所以应该守时。为支撑这个骨架，他举了三个例证：会议、婚礼、男女约会。这三件事都不容易遵守时间，都最容易浪费时间，这些东西是这篇《谈守时》的主要内容，诗句、比喻、反问、感叹，不过是增加文字对读者的吸引力。"

对这篇文章，杨先生还有一番叮嘱。他说：

"这篇《谈守时》所举的例证都是反面的，它们证明不守时的坏处。不守时既然有坏处，守时当然有好处，这是反证的功用。反证有时候不可靠，只有反面的例证，没有正面的例证，本来算不得好文章。不过，你们将来参加考试的时候，也许考运不好，碰上一个不如意的题目，你连半个证据也想不出来。你当然不能交白卷，只好往反面想，用反面的例证来救急。

"这篇《谈守时》，开头先引了一段抒情文，将来你们在试场里写论说文，万万不可以引别人抒情的文章来开头，甚至不可以在开头的地方用感叹的句子。放在末尾是可以的。阅卷的先生们，一天要看几百份卷子，为在这个环境中工作的人设想，他打开一份作文卷子，首先看见一段抒情文，他也许认为你把论说题写成抒情文，不想再看下去了；他也许误会你在抄朱自清的文章充数，不必再看下去了。这种误会，真是要命的误会，我们要帮助阅卷人避免发生这种误会。"

四

补习班里的学生时时注意各著名学校里的考试题目,他们在没有考进这些学校的时候,就先分享其中的学生的快乐与紧张。这天,某校作文比赛,题目是《助人为快乐之本》。补习班把这个题目告诉学生,学生纷纷讨论这个题目的写法。金善葆他们几个人跑到杨老师的住所来,想听听老师的意见。

杨老师说:"听见这个题目,我立刻想到古人的一句话:为善最乐。"

"证据呢? 我们不知道历史上有什么证据。"

"可以不找历史证据,这个题目的性质不同。有些题目非用历史证据不可,像《多难兴邦》。有些题目,特别需要引用权威来当作证据,例如《吸烟对健康有害吗?》。还有一种题目,作者可以向自己的生活经验中找例证,《谈守时》就是,《助人为快乐之本》也是。你们有帮助别人的经验吗?"

"我们的年纪这样小,哪有力量帮助别人呢!"

"不,你们在年纪更小的时候就帮助别人了。你们不是做过童子军吗? 童子军要日行一善。你们在扶老太太过马路的时候,不是很快乐吗?一个骑脚踏车的人,不知道他放在车子后面的东西掉在地上,你提醒他:'喂!东西丢了!'看着他拾回去,不是很快乐吗?你们到广场散步的时候,都喜欢撒一包饲料给鸽子吃,你们在看花的时候,都喜欢浇一点水到花圃里,这就是因为你们要帮助那鸽子、那花啊!"

"我们觉得助人快乐,别人是不是也认为助人快乐呢?"

"所以要找大家的共同经验做例证。所谓大家的共同经验,就是成语所说的人同此心,心同此理。你在论说文里面,不能告诉人家臭豆腐是最好吃的东西。吃臭豆腐是你个人的嗜好。能够在论说文里面作证的,最好是众人的共识,不是个人的偏爱。"

"老师,有故事没有?"

应该有,有很多,如果一时找不到,先自己编一个。

有一种方法叫"故事新编",把从前的故事拿来改造一下。比方说,西施很美,东施不够美,东施常常想,怎么样能赶上西施才好。东施认为,女人求美一定得打扮化妆,她花很多钱买最新款式的衣服,买各种名牌的化妆品。尽心学习化妆的技巧,即使不出门,也整整齐齐,该红的地方红,该白的地方白。

西施呢,并不画眼线,也不装假睫毛,衣服是普通质料,上面也没有珍珠宝石。可是她脸色开朗温润,声音响亮和悦,气质引人向上。看上去,不管什么时候、什么地方,都是西施比东施美。

东施每天研究时装,每天打算怎么赚钱买贵重的化妆品。西施呢,她参加公益团体做义工,每逢周末去教孤儿院的孩子唱歌,去替孤苦的老人打扫房间,去学习做陶器,卖掉陶器去救远远近近的难民。她和那些志同道合的朋友天天笑口常开,笑得那么甜,那么自然。

所以西施永远美,每一个时期有每一个时期的美。"美"的秘诀在于喜乐,"喜乐"是世上最有效的美容剂,而得到喜乐的秘诀在于助人,"助人"是世上最可靠的养颜术。

肌　肉

一

学生看见杨老师走进教室,一致嚷起来:

"老师,讲故事!"

杨老师说:"不能再讲故事了,上一次我们讲故事讲得太多了。拿论说文来说,故事好比是炒菜的味精,少放一点可以提味,千万不能多放;故事又好比是一种化妆品,可以使一篇论文特别漂亮一些,会化妆的人,自然也不乱用化妆品。"

学生仍然不死心,还是嚷着要听故事。

杨老师说:"好,好,我们来个折中的办法。我们要提到一本小说,那就是大名鼎鼎的《红楼梦》。"

大部分学生都看过《红楼梦》,知道这是一本爱情小说,现在听说这本书要进课堂,脸上都露出笑容。

杨老师说:"前些日子,我看你们的作业,有一位同学在作业簿上写了一句话:《红楼梦》是一本坏书。这句话是一种判断,是对《红楼梦》的一种批评,他的态度,正是写论文的态度。

我曾经问这位同学,凭什么理由断定《红楼梦》坏?他说,这是教会的牧师告诉他的。不错,你如果到教堂里去问牧师,十个牧师就有九个说《红楼梦》是一本坏书,他们反对教徒看这本书;在初级中学里面,也有很多老师禁止学生看这本书。"他们的意见是:

> 我们不应该看坏书。
>
> 《红楼梦》是一部坏书,
>
> 所以我们不应该看《红楼梦》。

"这三句话,可以算是一篇论义的骨架,骨架上面,势必要附上肌肉。这些肌肉是什么东西呢?你们早已看见过这些东西了。有些学生,进步比较快,早已会在他们的论说文里安排这些东西了。

"你们都读过胡适先生的那篇《不朽论》,他说:一个弹三弦的人,留下了不可磨灭的影响;一个生肺病的人,也留下了不可磨灭的影响。这两句话,好比是两根骨头,为了把那个弹三弦的人怎样辗转影响别人说个明白,胡先生写了好几百字。那个生肺病的人又怎样辗转影响别人,文章里面也用了一两百字。你看,一句话变成好几百字,而好几百字仍然离不开那句话,这就是骨骼支持肌肉,肌肉附着在骨骼上。

"班上的吴强同学,他写过一篇文章,大意说,人在生理上纵然有某种缺陷,仍然可以有很大的成就。他在这篇文章里,安排了一个骨架。他说,罗斯福生理有缺陷,可是罗斯福有了不起的成就;弥尔顿在生理上有缺陷,可是弥尔顿后来有了不起的成就;由此可见,身体上某一部分的弱点,并不能阻挡这个人努力和发展,只不过换一个发展的方向罢了。这个骨架,说来不过五六句话,可是吴强也写了好几百字,这也可以看出骨骼肌肉的关系。

"肌肉到底是什么东西呢?我用一句话把它说出来,所谓肌肉,就是把你拿来当作骨骼的那句话,解释清楚,说个明白。现在把话回到《红楼梦》上,《红楼梦》是一部坏书,理由究竟在哪里?它的罪状是什么?不能不说个明白,这种说明,就是论文的肌肉。我们不应该看坏书,我们为什么不应该看坏书?坏书对我们有什么害处?应该解释清楚,这种解释,也是论文的肌肉。"

"我们先研究《红楼梦》为什么是一部坏书?这要先问《红楼梦》的情节是什么。刘保成,你把《红楼梦》的情节说出来!"

刘保成很勇敢地站起来说:"从前,一座荒山下面有一块石头,这块石头能大能小,还会投胎做人。后来,他变成一个公子哥儿。后来,那个公子哥儿,天天带着这块石头。后来……"

杨老师用手势打断他的话,问道:"你打算用多少时间来说明《红楼梦》的情节?"刘保成说:"我不知道。"当刘保成站起来讲故事的时候,全场鸦雀无声,一双一双小眼睛都睁得很大,大家一致注意他讲些什么。后来听刘保成说"我不知道",全场在紧张中感觉到一阵突然的轻松,爆出一个哄堂大笑;杨老师也跟着笑了。

杨老师说:"你应该知道你可以用多少时间来说明《红楼梦》的情节,因为你应该知道你的一篇论文有多少字。如果文章是五百字,说明《红楼梦》的坏处最好不能超过三百字。如果文章是一千字,说明《红楼梦》的坏处最好不超过五百字。你不能让一只胳膊或者一条腿长得太粗。我看刘保成倒是《红楼梦》的忠实读者(学生都笑,连刘保成自己也笑),不过,照他这样讲下去,绝不是短时间能够讲完的,这一学期我们不用讲别的了。照这个情势看,要写这篇文章,先到书店里去买一本《红楼梦》,然后,在书底下贴一张字条,上面写着:我们都不应该看这一本坏书,就可以交卷了。有这样的办法吗?"

学生的回答是微笑。

杨老师继续说:"刘保成,刚才你也许很难为情。我希望你能由此记得,你应该有一种能力,把一件复杂的事情找出它的要点来,用很简单的话说个明白。你必须有这个能力,如果没有,要从现在起培养这个能力。"

杨老师朝着全班同学用力地重复了一遍:"你们都应该有这个能力,如果谁还没有这种能力,也要从现在起开始培养。这是一种归纳的能力。据我所知道的,《红楼梦》主要的情节是三个人的恋爱,这三个人年纪都很小,大概十四五岁,或者十五六岁。论起来,这个年龄不是谈恋爱的年龄,他们太小,太幼稚,太不懂得人生;他们的爱是错的,是不成熟的,是可能发生危险的。"

"在这三个人里面,至少有一个人,他的责任很大,家庭对他的期望很高,可是他讨厌别人对他的期望,他每天沉醉在爱情里,等到爱情失败了,他就逃出了家庭去当和尚。

"这样一个爱情故事,那位伟大的小说家把它写得非常动人;那些恋爱的场面,叫人兴奋,叫人沉醉,叫人觉得神圣不可侵犯,好像做别的事情都是错的,除了恋爱以外,为了这个缘故,才有人说《红楼梦》是一本坏书,才有牧师禁止教徒看,才有老师禁止学生看。"

停了一会儿,杨老师说:"我们开始讨论'我们不应该看坏书',希望你们都能发表意见,你们想想看,假使你们看了一本坏书,结果会怎样?"

学生说:"我们都要学坏了。"

"你们怎么会学坏的呢?"

"我们受了那本书的影响。"

"对了,一本书多多少少要对读者发生影响。社会上有些坏事,你们本来不知道,一看坏书,通通知道了。有一些想法叫你害羞,叫你害怕,你本来朦朦胧胧地不去想它,看了坏书以后你通通想起来了,而且会常常地想它。至少在你们这个年龄,心灵应该受到保护;在你们还没有养成一种判断力的时候,有很多事情还不能让你们知道。这番意思,如果站在你们的立场上说,里面的'你'字换成'我'字,就可以解释为什么我们不应该看坏书。你们想想看,应该看坏书吗?"

"不应该!"

"应该看《红楼梦》吗?"

"不应该!"

"为什么不应该看《红楼梦》?"

"因为《红楼梦》是坏书。"

"对了,这样写下来,就是一篇有血有肉的文章了。血肉从哪儿来? 记住我刚才说过的那句话:把你的理由解释清楚,把你所举的证据叙述明白。你说《红楼梦》是坏书,写出来! 它的坏处在哪里。"

说到这里,杨老师觉得他说得很片面,不周延。他很想加上这么一段：

前面说过，凡是议论判断，大都有人赞成有人反对。《红楼梦》是一本坏书，这句话是可以反驳的。《红楼梦》的文学价值很高，牧师说它是"草"，文学教授说它是"宝"，也许它对你们十三岁、十四岁的人有害处，对三十岁、四十岁的人有益处。就青少年的生活教育来说，它也许要不得，就艺术欣赏来说，它不可多得！

那也没有关系。请你们注意，我们今天教的是怎样写论说文，我们强调的是方法，方法不是酸性的，不是碱性的，方法是中性的。现在，你可以用这个方法写《〈红楼梦〉是一本坏书》，以后，你进了大学，意见改变了，可以用这个方法写《〈红楼梦〉是一本好书》。意见也许是一时的，方法是长久的。

这段话，杨先生没有说。该说不该说，他拿不定主意。教育当局并不主张把面面俱到的看法教给初中学生，据说，那样可能使孩子们迷失方向。

他一面犹豫，一面滔滔不绝地讲课：

"你说早起的人可以呼吸新鲜空气，写出来！新鲜空气到了人的身体里面，对人的生理有什么影响。你说不守秩序的人太多，车站上一片混乱，那么，把混乱的情形指给我们看。你说学生如果不用功读书，会惹父母伤心，那么，把他们伤心的样子说给我们听。你说借了人家的东西一定要归还,如果你不愿意还,别人不愿再做你的朋友,将来没有人愿意再借东西给你,你会养成不好的习惯,没有责任心。你说,在公共场所讲话,声音不要太高,高谈阔论一定惹别人讨厌,一定显得你自己幼稚,有时候也会泄露你和你朋友的秘密。诸如此类,都是论说文的肌肉。看了上面的例子,就可以发现论文的肌肉有时候是说明,有时候是记叙,当然,它也可以是一种议论。

"生长肌肉的方法,是'说来话长'。有一对夫妇打架,第三者连忙去解劝,事后,我问那个前往解劝的人,打架的原因是什么?他说,他认为是丈夫的错。丈夫的错在哪里呢?'说来话长',他掏出一支烟来点上,慢慢地讲出来:丈夫喜欢跳舞啦,经常不回家吃饭啦,领了薪水不交给太太啦……'这一对夫妇打架,错在丈夫',这是一个判断的句子,一个是非法的句子,也可以说是骨头。'说来话长',下面他说出丈夫的种种罪状,那里面就不全是判断的句子了。那段话里有说明,有记叙,或者还有描写,那是肌肉。

"'校长起床早,所以身体好',这是'骨头'?校长究竟几点钟起床呢?他起床的时候,路灯熄灭了没有呢?他总是到山上去打太极拳,到山上去又有什么好处呢?他有没有同伴呢?他的同伴是不是和他一样有恒呢?这些都说来话长,都是肌肉。"

说到这里,下课铃响了。杨老师问:我们应该不应该下课?学生一齐说应该下课。杨老师问:那么它的肌肉呢?有的学生说不下课老师不能休息,有的学生说不下课学生不能上厕所,有的学生说不下课别的老师没办法上课。这里议论未定,那里杨老师已经拿起粉笔盒扬长而去了。

二

这一所中学的对面,是一所小学。两所学校的关系一向很密切。中学里面的学生,有很多是由小学里升来的,小学里面有很多学生,也在希望将来能升入对面的中学。中学生和小学生之间,有些人是兄弟姊妹,有些人是亲戚朋友,大家常常在一块玩。这个学校有什么事故发生,传到那个学校里,就是轰动一时的新闻。

小学里有两个学生,一个叫程会,一个叫胡玉枝。有一天放学的时候,两个人一同离校回家。他们并排在马路上走。他们差不多是同时,看见路上有一张钞票,差不多是同时,他们弯腰去拾。

程会先把钞票拾在手里,那是一张一百元的钞票,纸张已经很脏很旧了,不过仍然是完整的。胡玉枝说:"赶快把这张钞票送到警察局里去吧,警察会把那个丢钱的人找出来。"程会不理这一套,把钱塞进自己的口袋里,拔脚就跑。胡玉枝紧紧跟在后面追赶,一面追赶一面喊叫:"钱不是你的!"这样一直追到程会的家里。

程会的母亲正在打牌。程会到了牌桌旁边,往母亲身旁找地方躲藏,胡玉枝紧追不舍,两个人围着牌桌团团转。

程太太一面打牌,一面问道:"玉枝,你这孩子要做什么啊?"胡玉枝说:"我们在路上拾到一百块钱,程会不肯送到警察局里去。"程太太说:"小傻子,送到警察局里去干什么?你们每人五十块分了吧!"说着,头也不抬,从牌桌上拿起五十块钱来,塞进胡玉枝的书包里,手一挥说:"去吧,去买糖吃。"下女从那边跑过来,连哄带推,把胡玉枝推出门去。

胡玉枝把这五十块钱送进警察局。她对值日的警员说,本来拾到了一百块钱,她分到一半,所以只能送来五十块。有一个新闻记者,正在警察局里找消息,他觉得这件小事很有意思,就写了一段新闻,送到报馆里面去。报馆的编辑,也觉得这件小事很有意思,拿来登在很惹人注意的地方。

第二天,这两个孩子,立刻变成大家谈论的人物。广播电台的记者,觉得这件新闻值得扩大采访,就拿十五分钟的时间播送了一个特别节目。

广播记者先访问胡玉枝,让听众从她口里听到拾钱分钱的经过,听到她把五十块钱送到警察局。然后,广播记者问道:"你为什么要这样做呢?是谁告诉你拾到了钱应该交给警察?"胡玉枝说:"是我们的导师刘老师。"广播记者对他的听众说:"这位刘老师真了不起,她的教育完全成功,她一定是一位非常优良、非常尽责任的教师,她用热情、爱心和忍耐来教导她的学生,才会有这样的成绩。每一位听众一定都很愿意听这位刘老师谈谈。我已经请到了她,她就在我的旁边。"说到这里,广播记者换了口气,问身旁的来宾说:"刘老师,你是用什么方法,把你的学生教导得这样好?"一个温柔的女声回答:"记者先生,你太过奖了,让我把事实真相告诉你。胡玉枝这孩子,在我没有教她以前就是一个好孩子,她的好品行是家庭教育造成的,她的父母为人正直善良,给孩子做了榜样。"记者说:"刘小姐,培养孩子的好品行,你认为家庭教育的力量比学校教育的力量要大,是不是?"对方回答说:"是的,我相信杜威的话:教育即生活。"

中学里面的人,热烈地谈论着在小学里发生的这件事,学生们问杨老师有什么意见。杨老师说:"我不表示意见,我要你们先表示意见。你们认为胡玉枝做得对吗?"学生们都认为做得对。"你们认为为了使孩子的品行好,父母要不要先做榜样?"回答是:父母最好能做榜样。好了,杨老师说:"吴强,你把大家的意见写出一个骨架来。"

吴强提起笔来一挥而就,上面写的是:

拾金不昧是一件好事。胡玉枝拾金不昧,做了一件好事。

父母的行为对子女有重大影响。父母有不正当的行为,子女容易学到不正当的行为。

杨老师把这卷子交给龚玫说:"你让它生出肌肉。"龚玫俯案写道:

假使你走在路上,看见地上有一卷钞票,它明明是别人遗失的东西,你打算怎么办?掉头不顾而去吗?把它拿回自己家中花掉吗?想办法使丢钱的人能够找到吗?这里面只有一个答案是对的,那就是:拾金不昧。你设法保存这笔钱,并且让丢钱的人有办法把钱找回去。这样,人家快乐,你也快乐。这当然是一件好事。

对面小学里面,有一个学生,名叫胡玉枝,放学的时候,她和另一个学生一同拾到一百块钱。胡玉枝主张把钱交给警察,让警察去处理;可是另一个学生坚决反对,连那个学生的家长也反对他们那样做。由于意见不合,他们把钱分开,每人五十块。天真的胡小妹妹,就把自己分到的五十块钱交给警察,她听她的导师说过:"警察可能找到那些丢钱的人。"

这是拾金不昧,拾金不昧是好事,胡玉枝做了一件好事。报纸和广播电台把她大大地表扬一番。

胡玉枝她能够做出这件事来,另外的那个学生为什么不能呢?从新闻报道里面,我们可以知道,胡玉枝的父母都是善良正直的人,他们的行为先做了孩子的榜样;而另外那个学生,他的母亲自己天天在那儿打牌,反而提出一种主张,要孩子们平分拾来的钱去买糖吃,她对孩子的教育也就可想而知了。父母的行为对于子女有重大的影响,父母的行为好,孩子容易学好,父母的行为坏,孩子容易学坏,因为小孩子在不懂事的时候,自然而然地会模仿大人,大人的想法和做法,很容易向孩子们的头脑渗透。这样看来,家庭教育是多么重要啊!

杨老师又把这篇文章交给吕竹年,叫他想一个小故事用在这篇文章里面。恰巧这天早晨,吕竹年看报看到一段补白的小文章,可以用得上。那个小故事是:

幼稚园里面的老师们跟学生家长一块儿开会,大家商量解决管教孩子的一些难题。有个孩子,名叫约翰,他常常在放学的时候要把幼稚园里面的铅笔带回家去,他的老师用尽各种办法,不能纠正他的行为。在会议上,大家请约翰的父亲发表意见。这位家长站起来说:"真奇怪,我也不知道是怎么一回事。我的办公室里有很多铅笔,我在下班的时候常常带些铅笔回家,家里并不缺少铅笔,小约翰为什么还要拿铅笔回家呢?"

杨老师说:"这个故事不错,你们把它编进论文里去吧。你们看一看,放在什么地方最合适?"

(以上三篇选自《讲理》,北京三联书店出版)

审　题

　　老师常常说我不会审题,我自己倒不觉得。"审题"并不难呀。

　　审题是作文的第一关,如果把题目看错了,那就一步错、步步错。这里有个题目,你"审"一下。

　　这是谁出的题目呀?"勤能补拙"……

　　这是某一年大专联考的作文题。

　　勤能补拙是一句成语,它的意思,人人都能熟悉。这种题目,一眼就可以看穿。《作文七巧》里说过,这种题目先把结论给你规定好了。不是有些专家反对出这种题目吗?

　　不错,我也反对过。不过反对归反对,出题归出题,你在考场里还是会拿到这样的题目,你不能等到把它反对掉了再升学。再说,作文是一种训练,训练你怎样表示反对的意见,也训练你怎样表示赞成的意见,"勤能补拙"之类的作文题也不必完全废除。

　　我赞成勤能补拙。那么,这个题目有什么好"审"的呢?

　　审题的"审"字,你先好好地审它一下。法官问案叫"审案",审案时那刨根问底的精神,很值得我们作文的人仿效。比方说,你到银行里去提款,银行给你一包钞票,你提着那个装钞票的纸袋人摇大摆走出银行。这时候,忽然有人掏出一把手枪指着你,叫你"不要动"!

哎哟,强盗!

他说不要动,把纸袋放在地上,向后转,站到墙根下面去,他说你十分钟之内不许转身,等你转过身来,自然是拿枪的人不见了,你的钱也不见了。这叫"抢劫"。抢劫是大罪,也许要判死刑。(哎哟!)也许情形不是这样,也许你提款的时候,旁边有个人一直在注意你,你提了纸袋出门,他就在后面跟着,到了行人稀少的地方,他趁着你没有防备,赶上几步把纸袋抓在手里转身就跑。

强盗!

这叫"抢夺"。也许你提着钱袋,一路平安,可是你不想马上回家,你想在外面喝一杯橘子水。你进了冷饮店,找个位子坐下,把钱袋放在身旁的空位上。等你喝完冷饮起身付账的时候,你才发觉钱袋不见了!

这个人怎么这样粗心啊。

这一回,不是抢劫,不是抢夺,这一回是"偷窃"。偷窃、抢夺、抢劫,法官可要分得清清楚楚,不能马马虎虎啊!你看作文题目的时候也要如此。

那么,"勤能补拙",我先要弄清楚什么是"勤",什么是"拙"。

不错。不过还有一个"补"字,你也不可放过。没受过审题训练的人,很容易忽略了这个"补"字。倘若不在"补"字上做文章,"勤"和"拙"的关系就扣不稳。

这个"补"到底是什么意思?

你认为"勤"和"拙"是什么意思?

"拙"是没有天才。

在这里,"拙"并不是完全没有天才,它是说天才比人家"小"。天才的形容词是"大""小",如果不说天才,改说"天分",它的形容词是"高""低",天分比人家低就是比人家"拙"。

所谓"补拙",是不是天分变高了,天才变大了?

我想不是那个意思,一个人的天分能不能由低变高,天才能不能由小变大,我们没有那么大的学问去下判断、作结论,我们只知道人一能之己十之,人十能之己百之,天分低些的也许就赶上了天分高些的。在理论上一个"拙"而"勤"的人,他的成就往往能赶上、能超过一个"巧"而"懒"的人,在"龟兔赛跑"的故事里,龟就以它的勤补救了自己的拙。"补"是补救,身体不好,可以用锻炼来补救,眼睛近视了,可以戴眼镜来补救。你觉得比人家"拙"吗?别灰心,可以用"勤"来补救。

这么说,在这个题目里面,最重要的字,是"补"。我当初可没有想到,我一直以为最重要的字是"勤"。

作文题目的每一个字都应该很重要,审来审去,应该没有闲字,没有赘词。审题就是把每一个字的作用找出来。不过,作文题即使只有两个字,也应该有一个字是关键所在,例如"新年"和"过年"乍看仿佛一样,但是新年的关键在"新",过年的关键在"过",写新年要把新写出来,写过年要把"过"写出来。"我的学校"和"我的学校生活"不同;"我的学校"是静态的,"我的学校生活"是动态的,照题作文,应该是两篇不同的文章。

前几天,我看到一篇文章,说是有一年高中联考的作文题是《推动摇篮的手》,大家都说这个题目出得好,也有人说这个题目很难写,不知道怎样下笔。请问这个"推动摇篮的手"哪一个字是关键?

当然是"手"。他要你写某一只"手",这手是推动摇篮的手,不是切开钢铁的手,不是扣动扳机的手,不是播种锄草的手。

我有一个感觉,我自己也不知道为什么会有这种感觉:"推动摇篮的手",好像这句话并没有说完。

这和文句的节奏有关系。"推动""摇篮"——连两个复词压在上面,"的"字承上启下,压力直贯下来,下面只有一个单调

"手",有些收煞不住。如果最后也是复词,你的感觉就不一样了。

为什么题目的构造是这个样子呢?

这个题目是有出处的,它本来是一句格言:"推动摇篮的手,就是创造世界的手。"

原来是这样的!怪不得有人说这个题目不好懂,他们不知道还有下半句。出题目的人为什么不把整句格言都写出来,为什么只写一半呢?

从前中国的考官出题目,常常是说一半留一半的,至少在咱们中国,题目有这么个出法。有个故事说,主考官宣布试题,诗的题目是"柳絮飞来片片红"。应考的人一看题目都目瞪口呆,幸而主考官放大家一马,他念出两句诗来:"夕阳返照桃花坞,柳絮飞来片片红",大家这才有办法交卷。

审题光审字面还不够,还得审没说出来没写出来的。真不容易!

有些题目越审越有意思。你想想看,"推动摇篮的手"是什么人的手?

大概是母亲的手吧。(对!)可是在我们家乡,做母亲的用脚去推动摇篮,不是用手。

做母亲的一面打毛线,一面伸出脚去蹬摇篮,这个镜头我也见过。不过,母亲打毛线打累了,会放下工作伸出双手轻轻的推着摇篮,用她温柔的眼睛看着孩子。尤其是到了晚上,母亲俯在摇篮上唱催眠曲,这时候她推动摇篮,一定是用手。

　　推动摇篮的手,怎么能创造世界呢?

　　能够创造世界的,是一些什么样的人?

　　应该是政治家、科学家、哲学家、军事家。

　　这些人要不要在摇篮里长大?要不要在襁褓中长大?要不要在母亲的怀里长大?

　　这么说,摇篮不一定是摇篮,也代表母亲的怀抱。

　　它的意义还可以扩大。有没有听说过工业的摇篮?农业的摇篮?还有教师的摇篮?医生的摇篮?

　　教师的摇篮,可能是指师范大学。

　　如果教师的摇篮是师范大学,推动摇篮的又是谁?

　　师范大学的校长。

　　政治家的摇篮,科学家的摇篮,哲学家的摇篮,都有一只"手"在那里推动,你看这些"手"能不能创造世界?

　　这么说,"推动摇篮的手"这篇文章可以做得很大。

　　它也可以很小。

　　大做好还是小做好?

小作,写母亲的手,可以写成记叙文抒情文,大作,恐怕要作成论说文。(应该选那一种?)就这个题目而论,你可以自由选择。

有人说,不管是什么题目,他爱写抒情文就写抒情文,他爱写议论文就写议论文,这话可靠不可靠?

这要看你是考试呢,还是自由创作。我可以把"论语文之重要"写成小说。但是,我如果在考场里这么干,准得鸭蛋,因为文不对"体"。

这么说,我们在审题的时候,是不是就要决定写记叙文呢,还是抒情文呢,还是议论文呢?

应该说是以抒情为主呢,以议论为主呢,还是以记叙为主?《读书的甘苦》,大概以记叙为主,别看"甘苦"两个字那么要紧,也不宜有太多的抒情。《一本书的启示》恐怕以论说为主,对"一本书"的内容只能简单介绍。

究竟有个标准没有?

有时候,你得照题目的规定。《论读书的甘苦》是以论说为主,《记读书的甘苦》就是记叙为主。《西山游记》《核舟记》以记叙为主。"论""说""记""有感"等等字样都很重要,审题的时候要加以注意。

像"灯塔与烛火",并没有"论"或者"记"一类字样?(你先审一审这个题目。)灯塔和烛火都在暗夜里放光,都象征服务的精神。(对。)这些大道理,照例得用议论。(对。)听说有人不用议论,他用描写。

他可能把灯塔和烛火都描写得很生动,但是,他最后怎样把文章"合"起来呢?"灯塔与烛火",这个"与"字很重要。(怎样合起来,倒是没听说。)如果灯塔是灯塔,烛火是烛火,描写的功夫再好,也只是两个片断,不是一篇完整的文章。

若是文章的题目没有明文规定是记叙还是议论,又用什么做标准?

这要看文章的内容。《从挫折中培养勇气》这个题目,可以写出不同的内容来。想想看,你有什么材料可用?

记得从前有个国王,打了败仗,躲在一座破庙里避雨。一只蜘蛛在他眼前结网,好容易结到一半,一阵风把网吹破了;好容易又结到一半,一阵雨来又淋毁了。可是那只蜘蛛继续努力,从头来过,终于结成一面又大又漂亮的网。那个打了败仗的国王看到这幕情景,已经失去的信心和勇气又恢复了。他好像后来又打了胜仗。——我记不清楚了,大致经过是这样。

这个材料是一个人经过了一件事,如果写成文章,以记叙为主。不过你再仔细看看题目。

从挫折中培养勇气,最重要的字眼儿是"培养"。

不错。挫折给你教训,挫折给你智慧,你的勇气并不是一意孤行,蛮干到底。

我想起来了,有一个名人,他受了挫折,他去读伟人的传记,他受那些传记的影响,慢慢恢复了勇气。

你说的名人是谁呢,他读的是那几个伟人的传记呢?(忘记了。)这些人名书名都该记住,不过,忘记了也有办法补救,你别写记叙文了,你写议论文。(啊?)你的观点是:阅读名人传记可以培养勇气。受到挫折了吗?丧失勇气了吗?去读伟人的传记吧。

我读过林肯的传记,也读过郭子仪的传记。他们都经过很多挫折。可是他们终于成功了。

从挫折"中"培养勇气,这个"中"字也很重要。为什么说挫折中不说挫折后呢,因为挫折不只一次,是一次又一次,挫折是多数,是一连串。你一面受挫折,一面得到教训,受到锻炼,挫折给你营养,使你越来越壮大,你如果没受过挫折,你得不到这些营养,你如果置身挫折之外,你受不到这种锻炼,你非在挫折"中"不可,你要扣紧这个"中"字。

唉,我真希望题目越简单越好,最好只有一个字。比方说,题目是"忍",抒情记叙议论不拘,那也不用审题了。

也许有一天作文根本没有题目,由你写,写好了再加个题目上去。不过到那时候,"加个题目上去"也有种种讲究,还是得费一番琢磨。

难怪老师常说:作文,就是要不怕麻烦!

起承转合

作文一定要起承转合吗?

不,作文不一定都要起承转合。但是,如果你能做到起承转合,那也不错。

我已经在三个地方看见人家谈起承转合,都举王安石论孟尝君的一篇短文为例。"世皆称孟尝君能得士,士以故归之,而卒赖其力脱于虎豹之秦。"这是起。"嗟乎,孟尝君特鸡鸣狗盗之雄耳,岂足以言得士!"这是承。"不,擅齐之强,得一士焉,宜可以南面而制秦,尚何取鸡鸣狗盗之力哉?"这是转。"夫鸡鸣狗盗之出其门,此士之所以不至也。"这是合。

你觉得这样写好不好?

王安石是照"起承转合"的方法写这篇文章?

是王安石这篇文章里有"起承转合"。

别人的文章里有没有"起承转合"?

通常,你拿起笔来先要决定文章怎么开头,第一句怎样写,第一段说什么,这就是"起"。你看,这本杂志上有篇文章,第一段写的是:"人人都说杨霞是个美女,她就在我们学校里念艺术史,我可从没见过她。"这就是"起"。

她到底美不美?

这篇文章的作者就是要你问这句话。"起"要能够吸引读者的注意力,使读者想往下看。读者既然想往下看,他就要接着往下写,你看他是怎样写的?

让我看下去。……他说他为了看看杨霞长的什么样子,一个人偷偷跑去旁听与他毫无关系的艺术史,谁知在教室门外突然有人问他:"你是来看杨霞的吧?"他连忙否认,没有进门。

这就是"承","承"是起了头以后接着往下发展,使"起"的部分更充分。你看,这一起一承,你会这么想:一定有好多男生为了看杨霞而去旁听艺术史,要不,这位作者的动机怎么一下子就给人看破了呢?

可见杨霞的确长得很美。

对,"起"是说杨霞美,"承"也是说杨霞美。再接下去应该说什么呢?作者决定转个弯,换个方向,起一点儿变化。这就叫"转"。

为什么要"转"?

如果有个同学对你说,他妈妈怎样怎样喜欢他,他阿姨怎样怎样喜欢他,邻居也喜欢他,由幼稚园大班到初中三年级每一个老师都喜欢他,这样一个连一个往下说,你听了烦不烦?想不想听点别的?

哦,原来是这样的!

你看,下面作者要告诉我们一些"别的"。他说,后来杨霞参加选美,他正在营里服役。他想,走在伸展台上的杨霞一定美艳无比。谁知选拔的结果是,杨霞没有上榜,连最后一名也没得到。

这是为什么?

这种事情可以发生,不过这篇文章的作者并不打算讨论这个问题。

唉,她又何必去参加选美呢?

那也是题外之言。这位作者要说的是,他退伍归来,终于在一个宴会上见到杨霞了。他说,杨霞果然很美,写杨霞的美,他差不多用了一千字。可是,他说,他总觉得杨霞缺少一点什么,杨霞好像失落了什么。作者说,看来选美给她的打击很大,杨霞失去的,是自信,杨霞缺少的,是由自信产生的活力和光泽。

啊!

最后,作者说,他认为未参加选美之前的杨霞才是美的,可是机会是一去不返了。以后,每逢想起杨霞,他总觉得从来没有见过她。

啊!

这就是"合"。

合得好!

你看,你的反应,证明"起承转合"原是读者的自然要求。说到这里,我想起小时候读过的一首诗。

哪一首诗?不知道我读过没有?

这首诗是:春游芳草地,夏赏绿荷池,秋饮黄花酒,……

冬呢?

冬赋白雪诗。

我没读过。

《千家诗》《唐诗三百首》都没有这首诗,可是这首诗凡是从前上过私塾的人恐怕都读过,那时候,选教材的人认为这首诗对仗工稳,可以给学童许多启发。你喜欢不喜欢这首诗?

我说不上来。

如果用"起承转合"的眼光看这首诗,你认为它怎么样?

它好像没有"合"。

对呀,我当初也这么想,总觉得这首诗没写完,下面还该有;又觉得它不像是一首独立完整的诗,像是从一首长诗里头摘出来的四句。

它也没有"转"。

不错。这四句诗的布局,是平列的,平列式的写法可以不

"转"。你写《我的家》，写父亲怎样，母亲怎样，爷爷怎样，可以没有转折。平列式的布局最后不能不"合"，你写《读书的益处》，第一怎样，第二怎样，第三怎样，最后总得来个"总而言之"。

我想起《核舟记》，写用一枚桃核刻成的一条船，写完了船上的各样物件和人物之后，最后说："通计一舟，为人五，为窗八，为箬篷，为楫，为炉，壶，为手卷，为念珠各一；对联、题名并篆文，为字共三十有四。而计其长曾不盈寸，盖简桃核修狭者为之。嘻，技亦灵怪亦哉！"

对了，我就是这个意思。

我也想起一首"好像没写完"的诗，应该说是词。"多少恨，昨夜梦魂中。记得旧时游上苑，车如流水马如龙，花月正春风。"我一直以为这是半阕。

这是李后主的"大作"，敢说他"好像没写完"的，也许只有你吧。

诗要有"言外之意"，也许用不着"合"？

不错。有时候，诗人留下缺口，让读者自己去"合"。例如："少年听雨歌楼上，红烛昏罗帐。壮年听雨客舟中，江阔云低断雁叫西风。如今听雨僧庐下，鬓已星星也，悲欢离合总无情，一任阶前点滴到天明。"

我们读完了这首词,怎么个"合"法呢?

这首词最后"一任阶前点滴到天明"的时候,你觉得他把前面的壮年听雨和少年听雨都化进去了,整首词的人生经验是一,不是三。

我怎么没有这个感觉?

大概因为你的年纪还轻吧。我来换一个例子:拿破仑曾经说过,作战有三个条件,第一是钱,第二是钱,第三还是钱!

这是三个条件还是一个条件?

他是强调必须有充足的军费,你已经把它合起来了。

这个"合"比较容易。

孔子说,他十五志学,三十而立,四十不惑,五十知命,六十耳顺,七十不逾矩。这一段话你一直读下来,读到最后一句"不逾矩",这最后一句就是总结,给人以"水到渠成"的感觉。

这个"合"比较难。

你现在可不能学李后主噢。

我得学王安石。我正在想用"起承转合"写"我的学校生活"您看我该怎样"起"?

起要起得漂亮,让人家想看下去。我多年前见过一篇"我的学校生活",开头第一句"我是第一女中的男校友"。你看"起"得好不好?你想看不想看?

是啊,女中怎么会有男校友呢?

多年以前,新店有个初中,由第一女中代办,名义是一女中的分部。这个初中男生女生都收,男生想说俏皮话,就以一女中的学生自居。

他们穿不穿一女中的制服啊?

他们不穿一女中的制服,但是唱一女中的校歌,领一女中盖了大印的证件。

他们能不能升到一女中去读高中啊?

当然不能。但是他们去考别的高中,用的是一女中分部的学历。

这可真有意思。这种有意思的事情我没赶上,那怎么办?

你读的学校,总该也有些事情很有意思吧?

我们的学校紧靠在铁路旁边,火车经过的时候,教室里地动山摇,玻璃窗哗喇哗喇响。有时候,火车经过,我们正在考试,同学们趁机会通通消息,老师一点也听不见。这种事情也能写吗?

你要是问训导主任,他一定说这种事既不能做,也不能写。我呢,我认为这一类的小淘气,本来不该做,既然做了,倒是不妨写出来。学生嘛,可以小淘气,不能大淘气,大淘气可怕,小淘气可爱。

我开头就写这一段好不好?

一开头就写考试作弊?那又不太好。再说,有些材料现在就可以写,有些材料要留着将来写,等你进了大学,回忆中学时代的生活,那时候写怎样趁火车经过的时候把选择题的答案念出来,更有意思。现在,我想,火车一天经过好多次,总不会都在考试的时候吧?

有时候我们正在念书,有时候老师正在讲课。我们念书的声音,火车经过的声音,常常混在一起。

好,就用书声和火车声做"起"。

我来写:我们的书声和火车的声音,总是混杂在一起。

加上形容词。

琅琅的书声,轰隆轰隆的火车声。

这地方不要用"混杂",一说"混杂",书声就丑了。书声应该是很美的。

改成"搅拌"吧?

把整个句子念一遍。

我们琅琅的书声,总是和轰隆轰隆的火车声搅拌在一起。

"我们"两个字显得突兀,上面加上时间。

三年来,每天早晨,我们琅琅的书声总是和轰隆轰隆的火车声搅拌在一起。

你看这样是不是好些?

写一句,就要费这么多心思呀。

推敲嘛。

下面该"承"了吧。

当然。下面你要写书声和火车声是怎么联在一起的。

因为学校就在铁路旁边。

下面接着写读书和火车的关系,你们上学要不要坐火车?是不是坐在车上——甚至站在车上——也温习功课准备考试?会不会坐在车上就像是坐在教室里,坐在教室里听见车声的时候又像坐在车上?把这些写出来,一面托住"起",一面准备"转"。

我现在要写记叙文,怎样转才好?

议论文的"转",是换个角度,说另外一层意思,记叙文的"转",多半是写事情的变化。比方说,火车忽然不经过这里了,铁路拆掉了,万华到新店本来有条铁路,现在不是没有了吗?

我们学校旁边那条铁路并没拆掉。

或者,火车照常经过,可是没那么大的噪音了,铁路电气化以后,火车走得又快,声音又小。

我们旁边那条铁路也没有电气化。

或者,你转学了,你换了一个学校。

59

我也没转学。

你现在读三年级,再过半年,你就要毕业了,这是一定会发生的事情,你就从这上面"转"吧。

好。"再过几个月,我毕了业,就要离开这个学校,听不见这隆隆的车声了。"

别这么快,这样太急促了。先想象一下新学校是什么样子。——想不出来是不是?就写你想不出来。

好。"再过几个月,我要毕业了,我要离开这里,升入另外一座学校。我不知道那座学校在哪里,不知道它是什么模样,但是我知道,我是不会再听见这种隆隆的车声了。"

不要"但是","但是"已经藏在"再过几个月"那一句里。删掉"但是",不要马上说听不见车声,先说别的声音陪衬一下。

好。"我知道,我得把琅琅的书声留下,把争吵不休的麻雀和热情呐喊的蝉留下,把隆隆的车声也留下。"

换个比喻形容车声,"隆隆"用得太多了。

雷也似的车声。

把"雷"字改成复词。

雷霆似的车声。

雷霆太严重了。

奔雷似的车声。

很好,"奔"字写出了火车的"动"来。下面可以"合"了。

怎样"合"?

写到这里,你似乎是在抒情了,怎样"合",由你的感情来决定吧。

我真有点舍不得离开我现在的学校。我想,到那一天,我对这讨厌的车声,会十分怀念。

就用你这几句话作结。"讨厌"两个字太重,跟你流露出来的抒情的意味不能配合,可以改成"多事"。念一遍听听看。

我真有点舍不得离开我现在的学校。我想,到那一天,我对这多事的车声,……

念不下去了是不是?最后这一句的语气急促,收煞不佳。这地方最好用猜测的语气,感叹的口吻,使句子长一点,语气悠长一点、缓慢一点。"我对这多事的车声,也许会时时怀念,觉得回味无穷呢!"

推 论

我刚刚写好一篇论说文,劝大家好好练习毛笔字。我认为,会写毛笔字的人一天比一天少,将来有一天写毛笔字会成为稀有的专门技术,光凭写字可以赚大钱出大名。你看这样写行不行?

行!审题和立意都做到了。我很赞成你的意见,我希望中国人都会用筷子,都能用毛笔,也都能操作电脑。筷子,毛笔,电脑,代表一个理想的中国人。

用筷子应该没有问题。

那些飘零在外的"小留学生",大都渐渐地不会用筷子了。

你是说他们呀,他们大概也不会用毛笔了。

他们倒是可能学会了用电脑,在他们居留的地方,家用电脑已经很普遍。

报纸上说,电脑可能代替今天的笔,包括钢笔铅笔和原子笔,当然也就代替了打字机。

到那一天,谁能写一手很好的毛笔字,谁不就是国宝了吗?到处有人用八抬大轿抬着你去写字!写到老年,政府准会给他一块勋章。

这么说,我那篇文章写得不赖?(不赖!)还有什么缺点没有?有什么应该改进的地方没有?

你可真是虚心好学,没忘了层楼更上。你既然精益求精,我也就吹毛求疵。缺点,不能说没有,刚才咱们两个谈毛笔字的前途,采用"单线推论"的方式,这个方式有弱点。(什么叫单线推论?)

什么是推论,我想你早已知道了?

推论,推测,推演,都是一步一步地找出来,一步一步地做出来。可是这个单线推论?

世界上的事都是纵横交错,互相影响,并不是一条路走到天黑,而是随时可能转弯儿,随时可能有变化。想当年鹬蚌相持,一个说"今日不雨,明日不雨,必有死蚌",一个说"今日不出,明日不出,必有死鹬"。这两个家伙都是单线推论,它们忘了世界上有渔翁,渔翁是个很大的变数,渔翁一出现,什么都变了!

鹬蚌相持的时候,如果能想到渔翁就好了!

还得想到海滩上可能有游人,还得想想今天是初几了,夜里会不会涨潮?(它们全没想到。我当初读这个故事的时候,也没想到。)这也难怪,单线推论能够引人入胜。据专家说,我们虽然有两只眼睛,使用的时候却偏赖其中的一只,通常我们是用一只眼睛在那里看东西,另外一只无关紧要。遗传学有一条定律叫"用进废退",人的器官越用越发达,不用就退化,于是有人推论将来有一天人类只有一只眼睛,另外一只退化了,消失了。

人人都是独眼龙?哇!

据说到那一天,人的审美观念也变了,一只眼睛才好看,两只眼睛不好看,如果有谁"不幸"生了两只眼睛,得用整形手术填上一只,只留一只。

这个说法真滑稽!真有趣!

我再说一个既不滑稽也不有趣的。秦朝是一个中央集权的朝代,中央十分孤立。刘邦革命成功以后,认为一个孤立的中央很容易被人推翻,就教他们姓刘的子弟一个一个裂土为侯,给他们军事经济的大权,教他们保卫中央,后来呢,诸侯造反!宋太祖见五代的藩镇尾大不掉,皇帝管不了他们,他们有时候还要管管皇帝,那怎么行,他就把各地封疆大吏的兵权都夺了,以为这样可以高枕无忧,那知道招来了连绵不断的边患,终于亡给了北方的少数民族。

做皇帝的人,头脑怎么这样简单?

汉朝宋朝的开国之君,已经算是深谋远虑了。

一个国家到底怎样才会长治久安呢?

怎么,我们准备参加高等文官考试吗?

唉,推论毛笔字的前途,应该补进去哪些变数呢?

我想,提倡书法是很必要的,总得有很多很多人爱写毛笔字,那写得最好的人才会受到社会的尊敬,如果全国只有一个人会写毛笔字,这个人的社会地位又怎么奠定呢?当然,"只有一个人会写毛笔字",这句话也太"单线推论"了。还有,你有没有发觉,今天的社会不像百年前的社会那样依赖书法家,例如商店的招牌,已经不一定由书法家来写。如果将来社会上没有书法家,社会也可以不需要书法家。当然,这又近乎单线推论了。

推论好像很容易弄成单线?

避免单线的方法是把一条条单线搜集起来加减乘除。不过这样内容就复杂了,作文不是毕业论文,不能长,内容也就不能复杂,一复杂,就变成大纲了。

这么说,单线推论又是不可避免的了?

只要你不把它推到极端。(什么是极端?)推论人类将来只有一只眼睛,就是极端。推论本是要建立主张,可是推到极端,你反而崩溃了。

我想起你在《作文七巧》里写下一段话。你写的是:十个工人可以用三十天盖好一间房子,二十个工人可以十五天完工,那么,四十个工人只要七天半?四千名工人只要两小时?两小时当然不能盖好那样一座房子。你写这段话的时候,心里早就在盘算直线推理推到极端的后果了。

你还可以推论下去,八千工人只要一个小时。

四十八万个工人只要一秒钟?哈哈!

还有一个故事,我早想讲出来。话说当年有个老财主,请先生教他孙子念书,由春天教到秋天,老财主拄着拐杖带着账房到学屋里去考核孙子的功课。老先生拿拐杖往地上一画,问"这是什么字?"孙子回答是"一"。他爷爷举起拐杖再画一道,问是什么字?他回答是"二"。爷爷狠狠地再画一道,孙子说是"三"。老财主很高兴,认为孙子识字了,可以不必再上学了,当场辞退了教书的先生。然后他对账房说,以后由我的孙子记账好了,他把账房也辞退了。

这个老财主以为孙子认得三个字就认得所有的字,他用直线推理推到了极端,是不是?

故事的主角不是他,是那个孩子。秋后,各地的佃户大车小车运送粮食到老财主家交租,——那个时代是由佃农替地主种田,——在门外大街上排成长龙等孙少爷入账,来得最早的一个佃户姓万,叫万三,他排第一名,可是他由早晨等到中午,肚子都饿扁了,那孩子还没有把他这一笔账做好。

这是什么道理?

谁也不敢进去催问,都不知道什么道理,外面的人只听见孙少爷嫌纸不够用,不断地叫人送纸。后来老财主忍不住,亲自走进去察看,只见孙子弄得两手墨汁,满地是纸。爷爷问记好了没有,他说"还早,现在才八千划儿呢!"

不得了,人叫万三,他就得画一万三千划啊?好奇怪,他怎么会有这种想法?

直线推理么!一画是一,二画是二,画一万下才是万,不是很合理?

一,画一横,二,画两横,三,画三横,可是到了四就不画四横了,五就不画五横了,人没有那么笨,人会想出更省事的办法来。

如果推理推到"四"要在"三"上面加一根横线,也还大致可以成立,书法家写篆字写到"四",有时就是这个形状。如果说"万"也得画出一万条横线来,那就太可怕了,推理推到这个程度,是把自己的"理"推倒了。

《作文七巧》引用韩愈的"大凡物不得其平则鸣",顺便提了一笔,说是有人驳他"飞蝶无语",难道也是"平?"这个"飞蝶无语",恐怕也是直线推论推到极端找出来的毛病吧。

沿着直线向极端推论,你可以从许多人的话里挑出毛病来。例如当年有好多位学者讨论什么是自由,那提倡自由的人给自由下了个定义,说"自由"就是"由自","一切由着他自己"。

由着他自己?由着他自己?

什么地方不妥当?

说不出来。可是,由着他自己?

有人就提出反驳:怎么可以由他自己?学生"由自",谁还上课?士兵"由自",谁还打仗?官吏"由自",谁不贪污?怎么可以"由自"?

这下子击中要害了。

这个攻击的方法,就是把对方的定义直线向极端推论,使它站不稳、倒下来。

干吗要弄得它倒下来?

议论文有破有立,所谓"破",就是推翻别人的主张。

所谓"立",是建立自己的主张?(不错。)那就各说各话好了?

有时候行,有时候不行,因为议论文多半有攻击性,有排他性。

人家说自由就是"由自",并没主张罢课贪污,要是硬给人加上去,不是蛮不讲理吗?

唉,我只好说,把自由解释成"由自",也太不谨严、太简化了自由,使人家有机会把你推到牛角尖里去。

要"破",难道没有更好的办法?

有。《古文观止》选了韩愈几篇文章,有一篇叫《韩辩》。当年韩愈劝李贺去考进士,李贺不但考取了进士,还成了很出名的进士,于是有人攻击他,这些人认为,李贺的父亲叫晋肃,有个"晋"字,李贺怎么能做进士?父亲是李晋肃,儿子是李进士,这不是犯了父亲的名讳了吗?——犯讳,你明白吧?(我明白。)韩愈对这种论调不以为然,写了一篇文章驳斥他们,韩愈说,孔子的母亲叫徵在,孔子只避免同时连用"徵"和"在"两个字,单用"徵"或是单用"在",他都不避讳。韩愈说文王名昌,武王名发,但周公作诗并不避讳昌字和发字。他说周康王的名字叫钊,他的儿子做了皇帝,就叫昭王。他举了很多例子,证明晋肃的儿子做进士不算犯讳。

对,这样反驳才是义正词严。

可是韩愈到底还是多用了一种武器,他问对方,李晋肃的儿子不能做进士,如果父亲叫"仁",儿子还能不能做"人"?

这就把对方逼到牛角尖里去了。

对方没有办法说"不",只有承认"仁"的儿子可以做"人",那么也就不能反对"晋肃"的儿子做进士。

看起来,用单线推论来"立",不大管用,用这个方法来"破",倒是很有威力!

韩愈到底是大家,先是引经据典堂堂正正地驳倒对方,然后突然从侧面插进奇兵:"若父名仁,子不得为仁乎?"这就显得锋利,冷俏。如果没有正面作战的那一套,单凭抓住对方一句话向极端推论,文章就单薄了。这种朝极端推论的办法,你可以不用,但是不可不会。

既然不用,又何必要会?

第一,你要防备人家使用。(是。)第二,你心里存着这种方法,可以检查自己的文章,别让人家替你推论出一条尾巴来。(这可很难!)第三,在辩论会上,万一人家用了这个办法,你既没有韩愈那么大学问,又不能束手待毙。……

唉,我看论说文哪,麻烦!(麻烦!)自己写篇抒情文,不碍别人的事,别人也碍不着我,有多好!可是老师出题目总是出议论文!

写议论文是入世的训练,抒情文是出世的训练,抒情文为己,议论文为人,抒情文独善其身,议论文兼善天下。

这么说,抒情不如议论?

非也,两者如车之两轮,鸟之两翼。两者又好比人的左右手,有人左手比较发达,可是最好也有右手,你我的习惯是偏用右手,可是最好也有左手。

那么,我们左手抒情,右手议论。

或者右手抒情,左手议论,也行。

章　法

你上次介绍的三段式,我已经学会了,我想这种三段式一定还有很多,能不能再告诉我几个?

可以。不过我得先告诉你,所谓三段式四段式都是我们贪图方便的说法,它在别人的文章里并不明显,它在我们的文章里也应该若有若无。

有了三段式四段式,作文容易得多了。我的办法是先照着式子起草:一、刺激;二、思考;三、决定。然后我再修改,把段与段之间的界线弄模糊。我也想到,所谓三段式也只是个大致的说法,我也许可以写"刺激"的时候同时写"思考",或者写思考的时候同时写"决定"。

如果能这样做,就可以只见其利不见其弊了。作文不能没有方法,也不能完全遵照方法,这话听来很矛盾是不是?其实何止是作文?天下有很多事,死守方法规矩一定做不好。举例来说,美国工人常常和资本家对抗,他们有个"死守规则运动",相当厉害。工人按时上班,人人把工厂定下的各种规章背得滚瓜烂熟,人人咬文嚼字,引经据典,故意来个食而不化,他们并没犯规,不仅没犯规,而且格外循规蹈矩,可是这样一来,工厂的生产就停顿了。

这怎么会呢?

怎么不会呢。我在一本谈戏剧的书上读到一个故事,大意是,有个主人,待他的仆人十分苛刻,他和仆人定了一份详细的合同,把仆人该做的事都写在上面,他常常拿着这份合同指责仆人,怪他这件事没做、那件事没做。有一天,主人到野外散步,仆人在后面跟着,不知怎么地上有个陷阱,不知怎么主人掉进去了。主人在下面大叫,要仆人把他救上来,你猜那仆人怎么着?他不慌不忙掏出合同来说,我得先看看上头有没有这一条。

那还用看吗,合同上头当然没有。

正因为死守规则行不通,所以有人反对有什么作文方法;又因为作文不能漫无法度,所以有人主张该有作文方法。

正因为赞成反对都有理由,所以刚才你说不能完全没有方法,也不能完全遵照方法。

这是折中调和。你看,赞成、反对、调和,可不可以成为三段式?

这个三段式可以写议论文呀!

这个章法,也许你早已用过,只是不知不觉罢了。

什么样的题目,这样写最合适?

有些事情是你一定不能反对的,例如爱国;有些事情你一定不能赞成的,例如吸毒;还有一些事情是你不能改变的,例如三加二等于五,氢二氧一化合为水。但是在我们的生活里有很多很多事情是可以正反兼顾的,是可以斟酌损益的。就拿吃菜来说吧,有人说四川菜好吃,有人说江浙菜好吃,其实呢?(都好吃。)做得好,都好吃。有人说这个女明星漂亮,有人说那个女明星才漂亮,其实呢?(都漂亮。)她们也许都很美,也都不十全十美。

我想起来了,上次那个辩论会,辩论形式重要还是内容重要,最后主审的委员讲评,就说形式和内容都重要。

文学作品的形式和内容是融合为一的。

那又为什么要我们分成两队互相攻伐呢?

有些学者反对举行这种辩论,认为把人的想法都搞偏了。

那么,为什么学校年年要有辩论会呢?

当然因为那反对者的意见仍然有斟酌的余地。辩论能训练口才,能培养团队精神,不必细表。我们该注意的是,辩论会的题目,一定是正反两面都能成立。"为学重要还是做人重要?"这才可以旗鼓相当各执一词。"为学重要还是散步重要?"论散步之重要也可以洋洋洒洒,但是策划辩论会的人不会要这样的题目。

这么说,辩论会是根本不必举行的喽?

是又不然。你也许一向认为理科比文科重要,但是你从没有慎思明辨一,直到你有一天参加辩论,你这才十分认真、十分透彻地把理由想全了,把逻辑想通了。这才把一个朦胧的想法变成真知。

这样会不会又想偏了呢?

你参加辩论不研究"敌情"吗?知彼知己才百战百胜。如果你在"理科重要"的一队,你们必定开会研究"文科重要"的理由是什么,你们设想对方可能怎么说,你们和对方同样用心同样认真。这一来,你虽然主张理科重要,却也把文科的价值弄清楚了。

有一次,我们辩论文言重要还是白话重要,我参加白话重要的一组。我们开会研究怎样对付"敌人",主席规定每个人举出一条"文言重要"的理由,教大家练习打靶。你猜怎么样?讨论了一阵子,有个同学说他不参加这一个组了,他原来以为白话重要,现在他改变立场,要参加"文言重要"的那一组去了。

没关系,由他,说不定几年以后他又回到"白话重要"这一边来了。

赞成、反对、调和,这个三段式不就等于一个小小的辩论会吗?(是啊。)好像很难?

难就难在你得两面想。我们有个常犯的毛病,既然认定文言重要,就不去想白话重要的理由了,一旦相信理科重要,就懒得听文科为什么重要了。我有一个朋友,他坚决反对节制生育,我问他,今天某某报上有一篇专论,列举了应该节制生育的十项理由,你看了没有?他说我是反对节制生育的,为什么要看他们的理由?那么,我又问,你能不能也列出十项理由来呢?他说节制生育是错的,我是对的,择善固执就好了,要什么十大理由?

他倒干脆,什么辩论会作文方法全免了。

如果我们常写议论文,常用"赞成、反对、调和"三段式写论说文,就可以克服上面所说的偏执。

像《读书的甘苦》这个题目,每隔几年就出现一次,以后碰上了,我准备"赞成、反对、调和",你看行不行?

这"甘苦"二字,审题时大有讲究,习惯上,"甘苦备尝"是重苦而轻甘的,但若说到读书的"甘苦",又好像重甘而轻苦。(我该怎么办?)读书的"正论"是甘多于苦。

文章开头,先说苦、还是先说甘?

先说甘。

我早想过了,读书的乐趣有三项。第一,以前不知道的,现在知道了,这好比登山望远,越登越高,看到的天地越宽。

会当凌绝顶,一览众山小。

第二,以前不能的,现在能了,好比练武功,越练本事越大。

开卷的委员看到这里,也许认为你看武侠小说太多,说不定他对爱看武侠小说的学生有成见。换个比喻吧,就说好比射箭越射越远。(射箭不也是练武?)那不同,孔子说过:君子无所争,必也射乎。……第三是什么?

第三,读书也是一种享受,读书越多,享受越大,好比以前没吃过的山珍海味现在吃到了,以前没住过的华屋美厦现在住进去了。

很好,以读书为乐的人如是云云,以读书为苦的人呢,他该怎么说?

读书的苦,第一是学问的钻研要很长的时间,花很大的精力,绝不容你偷懒,一分勤奋十分收获,一分怠惰一分荒废,铁砚可以磨穿,学海却是无涯。苦!

秀才的标准形象是个瘦子,大概就因为读书太苦了。

读书的第二苦是考试的压力,要说读书读瘦了,一点也不假,联考当前没有不减轻体重的。

读书人自来要通过考试的竞争淘汰得到社会的肯定,这是历代读书人多半要做的噩梦。

我的答案是读书有三乐二苦。

好,三乐二苦,你调和吧。

我不知道怎样调和才好,你下手吧。

照那觉得读书苦的人说,读书有许多痛苦,那读书乐的人又认为充满了快乐,我们认为双方都有事实根据,双方都应该得到我们的承认。(读书有苦有乐?)读书的滋味是乐中有苦,苦中有乐;再进一步说,读书可以得到快乐,但是往往要先通过痛苦,也唯有真正享受了读书之乐的人,才配谈读书之苦。

调和,听起来好像就是综合?

你也可以把这个三段式的最后一段叫做综合。如果叫综合,这个三段式的前两段,可以叙述两种不同的情景,不一定要提出两种不同的意见。现在我们来看范仲淹的《岳阳楼记》。你来读一遍好不好?

庆历四年春,滕子京谪守巴陵郡,越明年,政通人和,百废具兴,乃重修岳阳楼,增其旧制,刻唐贤今人诗赋于其上,属予作文以记之。

这是一个"缘起",我们先不去管他。

予观夫巴陵胜状,在洞庭一湖。衔远山,吞长江,浩浩汤汤,横无际涯,朝晖夕阴,气象万千,此则岳阳楼之大观也,前人之述备矣。然则北通巫峡,南极潇湘,迁客骚人,多会于此,览物之情,得无异乎?

这一段文字的作用,相当于标点符号里的":",下面出现了我们三段式的第一段。

若夫霪雨霏霏,连月不开,阴风怒号,浊浪排空,日星隐曜,山岳潜形。商旅不行,樯倾楫摧,薄暮冥冥,虎啸猿啼。登斯楼也,则有去国怀乡,忧谗畏讥,满目萧然,感极而悲者矣。

这一段是写"悲",下一段相反,写的是"喜":

至若春和景明,波澜不惊。上下天光,一碧万顷。沙鸥翔集,锦鳞游泳,岸芷汀兰,郁郁青青。而或长烟一空,皓月千里,浮光耀金,静影沉璧。渔歌互答,此乐何极。登斯楼也,则有心旷神怡,宠辱偕忘,把酒临风,其喜洋洋者矣。

一悲一喜,截然不同。下面是他的综合:

嗟夫,予尝求古仁人之心,或异二者之为,何哉?不以物喜,下以己悲,居庙堂之高,则忧其民;处江湖之远,则忧其君。是进亦忧、退亦忧。然则何时而乐耶?共必曰:先天下之忧而忧,后天下之乐而乐乎!噫,微斯人,吾谁与归?

顺便再让你看一篇文章:梁启超写的《最苦与最乐》。你先念第一段。

人生什么事最苦呢,贫吗?不是。失意吗?不是。老吗?死吗?都不是。我说人生最苦的事,莫若身上背着一种未了的责任。人若能知足,虽贫不苦;若能安分,虽失意不苦;老、死乃人生难免的事，达观的人看得很平常，也不算什么苦。独是凡人生在世间一天，便有应该做的事，该做的事没有做完，便像是有几千斤重担子压在肩头，再苦是没有的了。为什么呢？因为受那良心责备不过，要逃躲也没处逃躲呀。……

这是三段式的第一段。再看下面我作了记号的地方：

翻过来看，什么事最快乐呢，自然责任完了，算是人生第一件乐事。古语说得好："如释重负"；俗语亦说是"心上一块石头落了地"。人到这个时候，那种轻松愉快，真是不可以言语形容。责任越重大，负责的日子越久长，到责任完了时，海阔天空，心安理得，那快乐还要加几倍哩。……处处尽责任，便处处快乐；时时尽责任，便时时快乐。快乐之权，操之在己。孔子所以说"无入而不自得"，正是这种作用。

一苦一乐，相反相成。下面一段是综合：

然则孟子为什么又说"君子有终身之忧"呢，因为越是圣贤豪杰，他负的责任越是重大；而且他常常要把种种责任揽在身上，肩头的担子从没有放下的时节。曾子还说哩："任重而道远"，"死而后已，不亦远乎？"那仁人志士的忧国忧民，那诸圣诸佛的悲天悯人，说他是一辈子感受痛苦，也都可以。但是他日日在那里尽责任，便日日在那里得苦中的真乐。……

好,就念到这里。这第三段,把上面两段综合了,你看,是不是跟《岳阳楼记》的章法有几分像?

很像!

所以说方法是死的,人是活的!

(以上四篇选自《作文十九问》之第四、第五、第十、第十三,北京三联书店出版)

说故事

有一天,杨老师在校园里碰见几个学生。他留在那里跟学生闲谈了一会儿,谈到语文的时候,杨老师希望他们对语文教学发表一点意见。学生说:"别的老师教语文,常常讲故事给大家听,老师您教语文,只讲是非法,您为什么不讲故事给我们听呢?"杨老师说:"好,下一堂我就讲故事。"

当当当,上课了。学生们都知道杨老师要讲故事了,一个个睁大了眼睛等着听。杨老师走上讲台,宣布这一堂要讲故事,底下有人情不自禁地鼓掌;在掌声中,杨老师要大家打开课本。

学生立刻觉得失望,一齐喊道:"老师讲故事!老师要守信用!"杨老师微微一笑,用手指着课文说:

当然守信用,当然讲故事,教科书里有很多故事,教科书的编辑委员知道你们爱听故事,不过,你们不是为了听故事而听故事,是为了写论说文而听故事。你看:

琴涵:《酸橘子》。初中语文第三册。

作者说,他买来的橘子很酸,只好搁在一边不吃。一个星期以后再剥一个尝尝,居然甜得很!水果摘下来,需要经过一个果熟期。

他由"果熟期"说到少年人对爱情的态度,爱情的果实也要到了时候再吃才甜美。

初中语文第四册,岳飞:《良马对》。

岳飞说他本来有一匹良马,养马需要很高的条件,现在他只有一匹普通的马,以很低的条件就可以饲养,但是,需要良马的时候,绝非普通的马可以代替。

岳飞的意思是说,领袖对杰出的人才和平庸的人,要有不同的对待。

初中语文第五册,刘蓉:《习惯说》。他的书房地面不平,每逢走到低凹的地方,都有几乎跌倒的感觉,时间一久,也就习惯了。后来他把洼处填平,恢复正常,走上去反而吓一跳,几乎被绊倒,再过一段时间,又习惯了。

他说完这件事情以后感叹:习之中人甚矣哉! 故君子之学贵慎始。

杨老师加重了语气:尤其是今天要讲的这一课:

为学一首示子侄

天下事有难易乎? 为之,则难者亦易矣;不为,则易者亦难矣。人之为学有难易乎? 学之,则难者亦易矣;不学,则易者亦难矣。

吾资之昏,不逮人也;吾材之庸,不逮人也。旦旦而学之,久而不怠焉;迄乎成,而亦不知其昏与庸也。吾资之聪,倍人也;吾材之敏,倍人也,屏弃而不用,其昏与庸无以异也。然则昏、庸、聪、敏之用,岂有常哉?

蜀之鄙有二僧,其一贫,其一富。贫者语于富者曰:"吾欲之南海,何如?"富者曰:"子何恃而往?"曰:"吾一瓶一钵足矣。"富者曰:"吾数年来欲买舟而下,犹未能也。子何恃而往?"越明年,贫者自南海还,以告富者,富者有惭色。西蜀之去南海,不知几千里也;僧之富者不能至,而贫者至焉。人之立志,顾不如蜀鄙之僧哉?

是故聪与敏,可恃而不可恃也。自恃其聪与敏而不学,自败者也。昏与庸,可限而不可限也。不自限其昏与庸而力学不倦,自立者也。

等学生看完这篇文章后,杨老师就开始了他的讲授:

同学们,你们都喜欢听故事,我也喜欢听故事,几乎人人都喜欢听故事。故事,它有一种特殊的魅力,吸引我们,使我们注意它,喜欢它,听完了还一直想它。故事的这种魅力是从哪儿来的呢?原来故事能发生两种作用:第一,它能给我们趣味;第二,它能启发我们的思想。它既然能够启发我们的思想,那么它的作用,跟一篇论说文的作用,在某一点上,可以联合起来。

《为学一首示子侄》的作者彭先生,他写一篇文章给他的子弟们看,他要告诉那些年轻人求学不要怕困难,天下无难事,只怕心不专,只要你不怕困难,专心去做,即使自己的条件差一点,也总有成功的一天。彭先生要写的,是一篇论说文,可是,他发现有一个故事,这个故事教人家听了以后可以发生一种感想,觉得做事不应该怕困难,觉得人只要努力去做,就是自己的条件差一点也一定能够成功。彭先生觉得那个故事所能发生的作用,跟他要对子弟们所发的议论,可以联合起来,他就在这篇《为学一首示子侄》里面把这个故事用上了。

他说,西蜀偏僻的地方,有两个和尚,他们都想到南海朝圣。其中有一个和尚很有钱,有钱的人打有钱人的算盘,由四川到浙江,路是这么远,一路上的花费是这么多,朝圣谈何容易!另外一个和尚很穷,穷人有穷人的办法,他用自己的两只脚往前走,假定一天能走五十里,十天就是五百里,一百天就是五千里,花上一年的工夫,来去不成问题。他也不要什么路费,路上饿了向人家讨饭吃;和尚讨饭不叫讨饭,叫化缘,化缘并不是丢人的事情。结果,有钱的和尚没能够去,穷和尚倒朝圣回来了。这不是天下无难事吗?这不是不问困难不困难,只问肯干不肯干吗?

前面我们说过,故事不但可以启发我们的思想,更可以给我们很多趣味,用故事来配合说理,一方面使你的道理说得更清楚,一方面也可以使你的文章更吸引人。

有一次,孟子对他的学生说,天地间的事情,都不能勉强速成。为了配合他的道理,他说了一个故事,他说:有一个种田的人,嫌自己田里的稻子长得太慢,就伸手去拔,拔过之后,稻苗立刻高了一些,他觉得这个办法很好,就把自己田里的每一棵稻苗都拔高了。他费了很大的力气;可是第二天,太阳一晒,稻苗都死了。你看这不是不能勉强速成吗?

战国时候,赵国要去攻燕国,有一个人名叫苏代,他认为赵国不应该攻打燕国,如果燕、赵两国自相残杀,得好处的还不是别人吗?他说了一个故事来配合他的理论。他说:河边上有一个蚌在晒太阳,它张开蚌壳露出它的肉,一只水鸟看见了,觉得蚌肉很好吃,伸嘴去啄,蚌就连忙把蚌壳合起来,恰巧把水鸟的嘴夹住了。蚌心里暗暗地想:我要看着你饿死!水鸟心里也暗暗地想,我要看着你被太阳晒死!谁知道旁边来了一个渔翁,把它们两个都捉了去。你看,赵国如果攻打燕国,不也正是给别人制造机会吗?

还有,像耶稣,他是一个大宗教家,他说服很多人信从他,他很会利用小故事传教。他留下的小故事很多,举一个例子吧,他说:一个人有两个儿子,大儿子安分守己,小儿子闹着要分家,父母没办法,只好把财产分给他。他带了所有的钱,到外面去旅行,花天酒地,把所有的钱都花光了,最后落得了给人家放猪为生,有时候肚子饿了,就吃猪吃的东西。有一天,他彻底觉悟了!他要回到父母的身边去,接受任何处罚。他跪在父亲面前,痛哭流涕,他的父亲完全原谅了他,恢复他在家庭里面原来的地位。这就是有名的浪子回头的故事,耶稣说这个故事,劝人勇敢地悔改信教。

说故事本来是小说家的拿手好戏,在小说家看来,天地间充满了小故事。不错,天地间的故事的确不少,人人都能发现故事,小说家所能发现的比别人多。不过,小说家发现了一个故事,比较偏重那个故事的过程,而写论文的人比较偏重那个故事所能启发的思想。

从前,孔子经过泰山附近,遇见一个寡妇在哭,孔子对那个不幸的妇人表示同情,那位太太说:"这儿有老虎,常常出来吃人,我的儿子被老虎吃掉了,我的丈夫也被老虎吃掉了,我的命好苦啊!"问她为什么不早一点搬家?她说:"这里做官的人,对待老百姓还算不太刻薄。"孔子对他的学生说:"你们记着啊!做官的人如果压迫老百姓,那是比老虎还要可怕呢!"

战国时代,有一个人,名叫邹忌,他自己觉得他是个漂亮的男人,可是他不知道,他究竟是不是全国最漂亮的一个。他拿这个问题去问他的太太,去问他的姨太太,又问来拜访他的客人,他们异口同声地回答说:"在咱们齐国,只有邹先生您最漂亮。"起初,邹忌也相信了;可是经过他自己的观察比较,他发现自己实在并没有那样漂亮,实际上别人怕他,爱他,或者是有求于他,才说他是顶漂亮的人,来讨他的喜欢。他由这件事情,发生了一个感想。他认为,一个人稍稍有点地位以后,就会有很多人来欺骗他;国王是地位最高的人,他要受多少人的包围和欺骗啊!他哪儿有机会听老实话啊!他把他的感想,告诉了齐威王,也打动了齐威王,促成了齐国的政治改革。

　　孔圣人和邹忌,都是理论家,不是小说家,他们用写论文的眼光发现故事;用写论文的头脑处理故事;练习写论文的人,不妨跟他们学习。昨天的报纸上有一个小故事,昨天是星期天,台北市成都路行人很多,有一位小姐,忽然被一个男人拦住了。男的说:"高跟鞋脱下来,还我的!"女的没有办法,只好把鞋脱下来,自己赤着脚走路,到鞋店里去买鞋。这是怎么回事呢?原来那个男的曾经追求那个女的,送给女朋友一双高跟鞋,后来,女的另外有了男朋友,原来那个男的很不高兴,昨天在马路上当街脱鞋,算是他的报复。这条新闻登在报上,写小说的人可以看见,写论文的人也可以看见,各人有各人的用处。写论文的人,在讨论男女恋爱问题的时候,就可以利用这个小故事来吸引读者、启发读者。

那篇《为学一首示子侄》,是把故事放在文章的中间。这是最常见的一种办法,先发一段议论,中间说一个故事,然后再发一段议论。最近若干年来,通行另外一种办法,把故事放在文章的开头。这个办法更好,它可以一开始就抓住读者,让读者继续看下去。

有一个美国人,他说他有一次到非洲去旅行,在非洲坐黄包车,跟车夫谈天,美国人说:"拉车很苦吧!"车夫说:"可不是啊!不过再过两个月我就不拉车了。"美国人问:"为什么不拉车了呢?"车夫说:"我参加美国的一家函授学校,学分已经修完,再过两个月,他们给我一个学位,我就是哲学博士了。"这是一篇文章的开头,文章的题目是《美国教育的危机》,它检讨美国教育的种种缺点,包括"滥授学位"。

有一个人,从小离开了他的家,去寻找人生的意义,他找了二十年,走了几千里路,找得非常辛苦,最后,他经过一个农家,时候是在晚上,他看见农夫跟他的太太小孩.正在一块说说笑笑,享受天伦之乐。他看了半天,好像有了觉悟,觉得已经找到了人生的意义,就结束了他的流浪,回到家里去了。这是一篇文章的开头,这篇文章的题目是《不要忽视你的家庭》。

在好莱坞,男女电影明星常常出出进进,他们经过的时候,一般人非常高兴地注视他们;等他们走过以后,又对着他们的背影指指点点地议论。有一天,一个男明星和女明星一块儿走过去,那条街上的人从来没看见这两位明星在一起散步,这天看见了,就在背后议论:他们两个什么时候结婚啊!后来,那两个明星结了婚,又一块出来散步,旁边的人又在那儿暗中议论:他们什么时候离婚啊!这是一篇文章的开头,这篇文章的题目是《婚姻不可儿戏》。它先指出好莱坞的婚姻,离合如同家常便饭,弊害甚大。

说故事是文学家的专长,他们给我们留下很多美丽的故事,这些故事里面都有很深的含意,写论文的人常常从文学家那里借故事来。曹雪芹创造一个故事,叫做《红楼梦》,这个故事含意很丰富,不知帮了写论文的人多少忙。《红楼梦》是拿中国旧式的大家庭做背景的,后人讨论大家庭的缺点,就常常把《红楼梦》的悲剧提出来。

莫里哀创造过一个故事,我们翻译成《悭吝人》,主角是一个守财奴,他绝对不肯用他的钱,他整天怀疑有人要偷他的钱。有一次,他的疑心病实在太重了,竟然觉得他自己会偷自己。讨论财富观念的人和讨论变态心理的人,都可能提到这个故事。

西班牙的作家塞万提斯创造了一个故事叫《堂·吉诃德

传》，这是说一个叫吉诃德的人，看武侠小说看入了迷，自己也想到外面去做剑侠。他到了外面，到处管闲事，闹了不少的笑话，也挨了不少的打，后来弄得怪可怜的。他看不惯人家做的事，其实，人家不一定错，是他的眼光有问题。他一肚子正义感，其实完全因为太幼稚。我们如果讨论这一类的问题，也可以把吉诃德先生抬出来。

你们这些喜欢听故事的人，平时听了很多的故事，读了很多的小说，看了很多的电影、话剧，希望你们不要忘了，这都是你们写论文的资料，你大可以在论文开头的时候，或者在论文的中间，安排一个故事。故事跟证据不同，证据是实际上有过那件事，故事只是一个故事。论文的证据，可以多举几个，故事只要一个就行。

龚玫，你不是说升学考试可以决定一个人的命运吗？《言曦五论》里有个故事：有一个女孩，高中毕业以后参加大专联考，一连两次都没有考取，她的精神受了很大的刺激，认为这一生都完了。她鼓起所有的勇气去参加第三次联考，她说，如果再考不取，非自杀不可。到了发榜的这天晚上，女孩的全家都万分紧张，她家住的那一条巷子里面，所有的人家都觉得紧张。龚玫，这个故事你也许用得着。

下面我再说几个小故事。《飘》这部小说，很多人都看过，女主角的名字叫郝思嘉。郝思嘉的母亲是一个很贤惠的太太，她对丈夫、对孩子、对家务，都没有什么可批评的地方。到她临死的时候，她叫："菲利浦！菲利浦！"这是一个男人的名字，这个男人既不是她的丈夫，又不是她的儿子，他们全家都不知道这个男人是谁，只有当年陪嫁过来的一个黑奴知道，原来那个菲利浦是死者的第一个男朋友。她真正爱过那个男人，她出嫁以后，做太太、做母亲、做主妇，做了几十年，表面上好像没事的人一样，其实那个菲利浦一直藏在她心里。我看你们的作业，看到一句"人永远不能忘记自己所爱的人"，我立刻想起郝思嘉的母亲来，她的故事可以配合你们的理论。

还有一个故事，是法朗士写的，他说：当初上帝造人的时候，人没有现在那么多，每个人背上都背了一个大包袱，人类常常向上帝抱怨，怨自己的包袱太重、别人的包袱太轻。有一天，上帝叫这些人交换包袱，大家听到这个命令，都很高兴；可是，把别人的包袱背过来以后，反而觉得更沉重，觉得不如以前轻松。我看你们的作业，看到一句"人皆对现实感觉不满"，我立刻想起法朗士的故事来，这个故事，可以配合你们的理论。

这一堂，你们要听故事，我讲了这么多故事，满足了吗？

(选自《讲理》，北京三联书店出版)

直 叙

我们用记叙的文体记人记物记地记事。我们记下我们所发现的动静常变今昔表里。我们赖视觉听觉触觉味觉嗅觉及心灵思想发现它们。发现的过程占一段时间,我们先发现什么,后发现什么,有个先后的次序。文章按着这个次序写,就是直叙。

直叙是最难写的一种写法,不幸却又是最基本的写法,情形多半是,在作文课堂上首先要努力"禁止"直叙,后来要完成的则是善用直叙。由于直叙最近"自然",学作文总是先顺着自然写,在这需要使用直叙的时候往往要故意回避,也是一件苦事。

照着自然的顺序写,有时十分必要。那是当"自然顺序"跟好文章的要求恰恰相符之时。就像一处风景就是天然图画样,其事常有。例如当年江子翠闹水灾的时候:

> 那天水来得太快。我正坐在桌子旁边写文章,觉得鞋子湿透了,回头一看,水正在把我的脸盆冲到门外去。我赶快站起来穿上衣,水已浸到膝盖。当时来不及收拾任何东西,赶快往外跑,跑到后面的大楼上避水。在楼上,可以

看见我的箱子从后面漂出来,先是一只,不久是第二只。水涨到九尺深,过了两天才退。水退以后,回到家里,什么都没有了:十年的藏书完了,十年的剪报完了,收音机、电唱机、咖啡壶这些电器最怕浸水,浸了水不如破铜烂铁。内衣、皮鞋,都不知道哪里去了。你问我损失了多少东西,我现在也不知道。昨天晚上想到今天得早起,用得着闹钟,可是闹钟没有了,这才想起来还损失了一个闹钟。究竟损失了多少东西,得慢慢地发现。

本文所记之事为家中遭受水灾,行文用直叙,作者对事实出现的时间先后并未更动,依序为:

> 触觉——鞋子湿透。
>
> 视觉——面盆漂浮。
>
> 触觉——水涨到膝盖。
>
> 视觉——水冲走箱子。
>
> 视觉——水退。
>
> 视觉——十年的藏书完了……
>
> 心灵思想——损失了闹钟……

这样的文章在作文课堂上大概可以得到好评,因为作者的这一段经验适合直叙。这样的例子很多。

第一个例子是:我坐在台北市九路公共汽车上,看见一位从乡下来的农夫拿着一根扁担上车,他看看两厢长椅都坐满了乘客,就站在车厢中间。他一定不常坐公共汽车,不曾拉住安全吊环,面向驾驶,堂堂挺立,手里的扁担竟是扛在肩上。走不多远,驾驶忽然来了个急刹车,——你知道,在那些年月,这是司空见惯的事。说时迟,那时快,那扛着扁担的乘客,像中古时期持矛的武士一样冲向前去,咚的一声,扁担刺中了驾驶人的后脑,而驾驶人居然毫无反应。他伏在方向盘上昏过去了。

第二个例子是:某县的县长下乡去校阅某一个民防大队。地方人士隆重地搭了一座阅兵台,县长以校阅官身分站在台上,与陪阅人员一同看民防大队的大队长率领全队以"分列式"从阅兵台前经过,这是校阅的高潮,大队全体一致向校阅官行注目礼,受校阅部队的训练和士气要在此时充分表现出来。所以,为首的大队长一面辛苦地踢着正步,一面鼓足丹田之气喊口令:"向右看!"同时在"看"字出口时猛烈地向右摆头。这时县长突见黑乎乎一件"暗器"直飞阅兵台而来,啪的一声落在台上,台上诸人大吃一惊,俯身细察,原来是从大队长口中脱落了的假牙。

也许你说,这些事都太稀罕了,我们在作文课堂上那来这么多的"鲜"事?那么且说另外的例子。

先说演讲比赛的例子：

我们都参加过演讲比赛，或者去做选手，或者去做听众。比赛的结果通常是产生三名优胜者，冠军亚军殿军。当比赛结束，主办人宣布评审结果的时候，照例是，先宣布第三名是谁，然后是第二名，最后才是第一名。我们也许一入会场就注意那个明晃晃的银杯，到将近散场时才知道谁是得主。我们回来写记叙文，记述这一场我们认为很有意义的比赛，写到宣布评审结果那一幕，我们应该照着真实的情况，笔下先出现殿军，其次是亚军，最后才是冠军。我们不必改变它的次序。

另一个例子是听榜：

当年大专联考放榜之日，广播电台播报录取名单，考生的家人必定按时收听。名单很长，播报费时颇久，也许要听到最后才听到自己要听的名字，(甚或终于没听到要听的名字)，所以"听榜"的人得准备忍受折磨。有一位家长为了听榜，事先买来茶叶、瓜子、糖果、点心，劝告全家放松情绪提起精神听到最后一人，谁知板凳还未坐热，开水还没烧开，收音机里劈头报出"楚晋材！"就是他家的长子，考取了第一志愿！全家沸腾，茶也没人喝了，瓜子也没人吃了。三姨五舅赶来道贺，听那收音机还在响，伸手替他们关了，那些名字听不听都无关紧要。事实是这个样子，拿来做文章也就写成这个样子就好。

再举一个飞机迫降的例子：

我有一个朋友由东京坐飞机来台北。飞机到了台北上空，空中小姐报告不能立刻降落，得等一会儿。飞机在上空兜圈子，大家趁这个机会俯瞰大台北全景。等到看风景看厌了，飞机还在兜圈子，这就不妙了，大家难免有些紧张。空中小姐又报告：飞机有点小毛病，轮子放不下来，请大家不要惊慌。我那朋友常坐飞机，知道驾驶员正在试着把轮子放下来，也许试着试着就成功了。又等了许久，等到飞机上的汽油烧完了，空中小姐说现在要"迫降"了，她们一一查看乘客的安全带有没有拴好，劝戴眼镜的乘客把眼镜取下来，劝装了假牙的乘客把假牙取下来，劝每一个人都不要把手表、自来水笔、钥匙、指甲刀带在身上。最后她们让每一个人抱着毯子和枕头。然后，空中小姐都躲起来了，飞机要用肚子擦着跑道降落了。机舱里的气氛很恐怖，念佛的、祷告的声音都有。——还好，安全降落，有惊无险。事实的先后顺序如此，文章的先后次序也可以如此。

现在谈一篇经典之作：陶渊明的《桃花源记》。

陶渊明的《桃花源记》记述一个渔人，怎样发现了世外桃源，后来想再度前往，又怎样失去了桃源。在这篇文章里面，文章叙事的先后和事实进展的先后是一致的：

1. **渔人出外捕鱼，沿着小溪走，遇桃花林。**

2. 渔人穿过桃花林,来到山前。

3. 渔人发现一个可疑的山洞,入内探看。

4. 渔人进入肥沃的田野,安静的农村。

5. 山中人款待渔人。

6. 山中人说他们的祖先在秦代搬到山中居住,与外界隔绝。

7. 渔人辞出,山中人叮嘱他保守秘密。

8. 渔人在山洞外面的路上做记号。

9. 渔人向太守报告发现了世外桃源。

10. 太守派人前往桃源察看,由渔人带路。

11. 渔人找不到以前留下的记号,无法再入桃源。

循序而进,恰到好处,我们不可能把任何一项提前或挪后。这是什么道理?为什么有时你可以"直叙",有时不可?我们姑且假定,记叙文本来都是"应该"直叙的,不论记人记事记物记地,不论记动静常变今昔表里,不论材料来自视听嗅触味思,"秉笔直书"就好。这样产生了许多记叙文。读那些文章的人,总以为其中某几篇写得特别好,闲来无事还想再读一遍,其中某几篇又十分乏味,除了查考资料之外简直不愿意碰它。

每一代都有许多有心人。有心人发现,某一篇记叙文所以生动,多半是因为那件事情本身生动。某一篇记叙文所以平板,多半因为那件事情也平板。事实既难以左右,那么文章也就各有不同的命运:众人爱读或不爱。

事情为什么又有平板或生动之分呢?什么样的事情才是生动的呢?有心人加以比较归纳,找出许多条件来。条件可能很多,多得我们一时无法消受,其中最要紧的,也许只有三项,就是:

起落

详略

表里

三者有一就很好,倘若三者兼备,那真是"文章本天成"了。

有起落,有详略,有表里,就用直叙;没有这些条件又怎么办呢?这就得另外想办法补救,这要在直叙之外另有叙述的办法。所以,直叙以外的办法是不得已的办法。

直叙并不是恶评,"平铺直叙"才是。采直叙手法最忌的就是"平铺",平铺就没有起落。

"起落"是从读者反应的强弱产生的。"平铺"的缺点就是读者的反应一直很弱,弱到"不起涟漪",弄成死水无波。

精炼的文章里,每一句话、每一个词都对读者产生强弱不等的刺激。作文课堂上恐怕无法考究到这个程度。姑且先用心区别大段文字的强弱起落。拿"听榜"来说吧,文章一开始是大家准备用很长的时间听榜,而且不免挂虑到底考上了第几志愿——那年月一个考生可以填八十多个志愿!谁知报榜的人一下子就报出来大家要听的名字,这是"起"。大家听到了这个名字,高兴了一阵子,然后发觉下面有很多时间没事可做,这段时间本是准备听榜的,事先把"杂务"都推开了,现在不听榜,好像生命出现了空白,这是"落"。三舅五姨突然提议他请大家吃消夜,算是庆祝,他挑了一家极好的馆子,那里的菜很有名,大家还没尝过,这又是"起"。大家的兴致很高,唯有一个人相反,他说他不去,他要睡觉。这人就是考上了第一志愿的那个大孩子,考前考后一直吃不好、睡不好,现在一块石头落了地,突然觉得十分疲倦,钻进卧房再也不肯出来。没有他,好比婚礼中没有新娘,只得改一天再说了。这又是"落"。

演讲比赛宣布优胜名单,所以要把名次倒过来,跟"起落"有关。冠军的荣誉最高,奖品最多,到底谁赢了冠军,大家最关心。如果一开始就报出冠军的名字来,固然是"起",可是下面再报亚军的名字,就是"落",殿军的名字,再往下"落",情绪一步比一步低,不好。现在反过来,步步是"起",把大家的情绪引到高潮,然后在昂扬的情绪中发奖,在热闹的气氛中散会。所以说,你要记述的事情本身有起落,你写出来的记叙文也有起

落。请记住:

读者反应的强弱＝文章的起落

记叙文除了不可"平铺",还有一戒,是不可"平均"。记一天的生活,把一天分成早、午、晚、夜四个时段,每个时段写上两百字,但早晨做错了一件事,得到一个教训,写了两百字,夜间只是睡眠,连噩梦也没做,也写两百字,这就太平均了。我们常常听见人家批评一篇文章写得不好,说那篇文章是"记流水账",多半因为那篇文章犯了"平均"的毛病。账本上的记载是很平均的,一块钱可以占一栏,一万元也占一栏,每一栏的大小相同。所以看账本是一件枯燥无味的事情,除非你是会计专家。

作文在下笔之前要考虑安排什么地方写得详细一点,什么地方写得简略一点,有简有繁。这个原则,连大文豪陶渊明也遵守。我在前面把《桃花源记》里面的事件,按照发展的时序列出来,除了南阳刘子骥的"尾声",共十一条,陶渊明与山中人的生活状况用墨最多,连心理都写到了,写渔人向太守报告写得最简单,只有"诣太守,说如此"六个字。试想在那个年代,乡下渔夫想面见太守,要费多少周折,太守听了渔人的报告,也必定加上一番盘问,这些材料都割舍了。文章开头写那片桃花写得很迷人,文章结尾时只说渔人"遂迷不复得路",斩钉截铁地断了希望,那么大一片桃林再也没有提到。在十一条之中有几条写得详细,有几条写得简略,详有详的道理,简有简的道理。

我们试以某一次结婚典礼为习题。结婚典礼的程序不必列举,我们注意的是,哪一项值得细写?哪一项应略写?哪一项可以根本不写?除非另有特殊理由,来宾签名通常可以不写。除非另有特殊理由,婚礼的中心人物是新娘,当新娘披纱捧花踏着红毯缓步向前时,写她的动、静(真个静如处子),写她的今、昔(盛妆的新娘比平时"粗服"分外艳丽),写你眼中的常、变(捧花是"常",花球的种类是"变";披纱是"常",礼服的款式是"变")写你眼中的表、里(一面恋恋不舍她的少女时代,一面兴奋地迎接婚姻的甜蜜)。

重要性仅次于新娘的,当然是新郎。他平时不拘小节,今日十分整洁(今、昔),他呼吸迫促,却竭力镇定从容(表、里),他照例手中握着一双白手套,却不知在什么时候只剩一只了,他竟完全没有发觉(常、变)。除非另有特殊的理由,我们会详细写他。

什么是"另有特殊的理由"?这是说,来宾中间突来了一个名人,他这人十分忙碌,简直行色匆匆,他的自信心又特别强,签下的名字比别人大三倍。这倒颇能增加婚礼的喜气。这就值得写了。有一次我参加一个婚礼,新娘腿部残障,不良于行,由新郎搀着一同走到证婚人面前,新郎不让伴娘搀她,一定要亲手搀来搀去,而新郎是英俊的,健壮的,温柔的。在这个婚礼上,新郎恐是我们笔下第一个人物了。

通常证婚人在婚礼上并不受大众注意,可是有例外,如果他在致词时确实说了几句有益世道人心的警语,我们不写出来未免可惜。在战争的年代发生过这样的事:婚礼进行到一半,证婚人、介绍人和来宾都逃走了,因为战争来了。新娘得洗掉化妆换穿旧衣再逃,新郎陪着她,就在他们手忙脚乱的时候,一个将军走进来喝问原由。将军替他们证了婚,发给他们通行证。这时,焦点人物就是证婚人了。

取材有主从,所以文章有繁简,不宜平均。

作记叙文不可平铺,不可平均,也最好做到不平滑。不平滑,文章才有表有里。"表里"意思是,我们通常看事只能看见一面。就像看戏,只看见戏台上张飞对刘备很恭敬,没看见他俩刚刚在后台互相指着鼻子叫骂;就像看人,只看见他穿了一身旧西装,没看见他口袋里有一沓大钞;就像看画,只看见现在一池荷花,没看见冬天一滩污泥。俗语说"只见贼吃肉,没见贼挨揍"。从前地方上有私刑,抓到小偷就吊起来打,做贼的只要不失风,日子倒过得比一般人舒服。

乡下老太太都说世事有"里三层外三层"。简化一下,姑且说里一层外一层吧;倘若能既见其表,又见其里,文章就格外生动。我们不写报告文学,不做调查研究,又怎么知道里一层?不知道就算了,不过有时候那盖在"外一层"下面的"里"层,偶然会露出一点端倪来,就像外面黑裙飘动让我们看见里面有一条红裙子,虽只恍惚一角,却已耐人寻味。这一瞥所得,往往很有用处,抓住了,就可以使文章生色。我们在作文课堂上那点时间,那点篇幅,也只有这么一丁点儿用武之地,无须贪多。

图画不但把立体的事物固定在平面上,也把时间停止、空间切断。它展示出来的是"外一层",但是,据说,有一个画家先画一匹马,再在马蹄旁边画几只飞舞的蝴蝶,以表现"踏花归来马蹄香"的情景,就隐约露出"里一层"来。口袋里装着成沓的大钞,和皮夹里只有车票零钱的人,单看衣冠也许难以辨别,但是其中之一听见了"当心扒手"的警告会伸手摸摸口袋,于是泄漏了"里一层"的玄机。有一个家庭主妇,婚姻似乎十分美满,后来她不幸得了重病,终至不起,临终时低声喊一个人的名字,显然是个男人的名字,那人不是她的丈夫,不是她的儿子,不是她的哥哥,谁也不认识那个人,只有年老的奶妈知道那个名字是谁,她在喊初恋的情人!她并不像一般人所想的快乐。这真是"豁然开朗",接着又烟雾迷蒙!

世上不知有多少事，只因为多出来一丁点儿，我们才得到好文章。记得有个老和尚，平素吃斋念佛，有一天生了急病，入院开刀，开出牛排来。记得有个杂货店老板跟太太激烈争吵，下午开奖了，店里还有两张奖券没卖掉，老板太太说："不退回去了，自己留着碰碰运气吧，卖了二十年奖券，月月看人家中奖，怪眼热的。"可是她的丈夫坚决反对。他对奖券的看法是：这玩艺只能劝人家买，自己从中赚些蝇头微利。吃斋念佛的老和尚有个"里一层"，它借着牛排露出一角来；一脸热情劝人发财的老板也有"里一层"，从只买不买露出一线边缘来。露出来的都不多，都若隐若现，这就够了。

回头看那个"听榜"的例子：当时全家欣喜若狂，只有那个考取了的人倒头便睡，他在考前考后受了多少折磨啊，这是"里一层"。或者，他没睡，他的爸爸心满意足地问："儿子，你想要什么做奖品，尽管说！"做儿子的没精打采地说："爸，别的我也不要，你把我的画架画笔还给我吧！我想好好地画几张风景。"原来他的兴趣在画，父母却逼着他念物理。

就以上的例子，可以知道：

作文的材料有隐有显，可以形成一表一里。

《桃花源记》有起落，有略详，也有表里。

先说起落。文章开头,"晋太原中武陵人捕鱼为业",是很平淡的,渔人撑着船沿溪而行,也没什么特别。但是"忽逢桃花林",桃林的面积那么大,桃花开得那么茂盛,景象迷丽烂漫,似幻似真,读者的反应加强了,文章有了"起"势。

渔人一直往前走,想看看桃林究竟有多大。"起"势一直维持到桃林尽头,"落"下来。落到水源,山洞。但是山洞里有光,渔人钻进去了,洞很深,也很狭窄。文势又"起"。以后写渔人发现了桃源,一直在"起"势之中,但起与落原从比较而来,起势之中仍然高低相间,错落不平。渔人先看见农田和农作物,听见鸡鸣狗吠。然后高上去,看见小孩子。再高上去,看见许多成人。这些人见了渔人反倒吓了一跳。文势稍稍下降。大家接渔人回家吃饭,态度十分友好,并且说了"知心话"。山中人说他们的祖先是"避秦"来此。文势上升。他们根本不知道秦朝已经亡了。渔人告诉他们,秦后面是汉朝,汉朝也亡了。汉之后有魏,而现在,是晋。山中人听见了这些沧桑变迁,同声感叹。这些都足以使读者产生很强的反应。

这最重要的一段文字写完之后,渔人辞别,是"落"。山中人请他保守秘密,是落中之"起"。他找到自己的船,是"小起"之后的又一次"落",但他一路上做记号,显然有所图谋,是小落之后的又一次"起"。下面渔人去见太守报告发现,太守派人寻访桃源,步步上扬,是一次"大起",但是渔人怎么也找不到留下的记号,无法再入桃源,是一次"大落"。

文章尚有尾声。南阳有个刘子骥,是一位高尚之士,他听说山中有个世外桃源,十分向往,决定前往寻访,这又是"起"。但是他没有找到,(或者没来得及去找)就病故了,以后再没有人打听桃源在那里。像舞台上的大幕缓缓降下来,文章结束了。

《桃花源记》是一篇短文,居然有这么多起伏,这是大文豪才办得到的事情,我们作文,如能有一起一落(或者最后再加一起),就是得到诀窍了。同时我们要明白,文章写到《桃花源记》这般水准,你读了有你的感受,我读了有我的反应,彼此并不一致,因之,你认为是"起"的地方我可能认为是"落",彼此找到的起伏线并不相同。

例如,前面说山中人轮流款待渔夫是"落",也许不然。山中人看见渔人闯进来,他们安静了几百年的社会突然产生了危机,这个渔人可能把外人引进来,破坏了他们的幸福,他们虽然和和气气的陪渔人吃饭谈天,内心其实是很焦虑的。他们最后叮嘱渔人"不足为外人道也",就露出"里一层"来,杀鸡为黍都是对渔人"行贿"!那实在是"起",不是"落"。

再看文章结尾,刘子骥有志未成,病死了,以后再没有人打听桃花源在哪里了,我说是"落",你也许认为是"起"。世界上"高尚之士"如此之少,人人只能在浊世中打滚,不知道超脱,偶尔有个高尚之士,又赍志以殁,这是多深多大的感慨,这当然可以说是"起"。

由于感应因人而异,起落没有标准,很多人反对分析文章中的起落,认为毫无意义。诚然,起落云云是不科学的,没有共同的标准,但是它又何必有共同的标准呢?总之:

它有起有落;

你认为起落在何处就在何处;

你写文章时也注意起落。

这就行了。

《桃花源记》的"详略",前面大致谈过,现在且说"表里"。这篇文章是通过渔人的经历来叙写的,渔人眼中的桃源是一个表层,叙写到山中人叮嘱渔人保守秘密的时候露出少许里层来。山中人的想法似乎是:虽然已经改朝换代,还是不受外面的官府管辖治理比较好,他们大概是对政治彻底失望了。他们既不喜欢那社会,又不能改变那社会,只有继续躲起来。渔人在山中停留的那几天,山中人也许秘密地开过好几次会吧,会议的结论大概是,他们不希望再得到什么,但求不失去现在已有的。……这些,你可以自由想象。

"不足为外人道也",山中人也太老实了,自己先把身世和盘托出,再求人家保守秘密,凭什么相信渔人能遵守诺言?难道凭那几天的酒饭?他们深知人心的俗恶甚至诡诈才入山唯恐不深呵。不错,他们并未忘记历史经验,只是反应迟缓了一点,等到醒悟过来,就用极笨的方法补救,干脆把渔人出入的山洞堵死了。他们总要不眠不休汗流浃背干上几天吧,老实人都这样,整天忙着填补聪明人留下的坑洞,以免自己掉下去。这就难怪他们要躲得远远的了。……这些,你可以自由推论。

"里层"就是引起读者的想象和推论。

有人读了《桃花源记》,认为山中住的不是人,是一群神仙,那迷离恍惚的桃林,正好是仙凡的分界线。渔人跑去报告太守是俗不可耐的举动,他从此坠入尘寰,再也与桃源仙境无缘。他之"迷不得路",既不是山中人消灭了标志,也不是因为"春来遍是桃花水",而是随着渔人的一念之转,通往桃源的路自动消失了。这个说法是错误的吗?也许是吧,要知道,也只有《桃花源记》这等水准的文章才会引发这样的"错误"呢。

读了《桃花源记》,回头再去读那一段记述水灾的文章,文章和文章之间的差别实在很大。

读了那一段记述水灾的文章,再读下面的文字呢:

昨天是星期天,天气很好,我们去逛××花园。早上九点,吃过了早饭去等公共汽车,等了一个小时才挤上去。十一点到公园,先在门口排队买票。进园以后,看见杜鹃花开得很茂盛,红的黄的白的都有。杜鹃花圃旁边是玫瑰花圃,也开得很漂亮,很多人在那儿照相。往前走,满地细细碎碎的小花,不知道叫什么名字。再往前走,转一个弯儿,左边是一个池塘,铺满了荷叶,右边是一个花架,花架上头爬满了花,花架底下有石桌石凳,有几个老人坐在里面休息。池塘的尽头有龙舌,龙柏,一棵一棵绿油油的。有个人在公园那一头卖包子,很多人围着他买,我也走过去买了两个吃,滋味不错,再买一个。三个包子吃下去,觉得口渴,就到公园外面去找卖汽水的。

　　同是直叙,这一篇"游园"又比那篇"避水"差得多。文章原来分成许多等级!

　　你现在是在哪一级?做好了拾级而上的准备了吗?

综 合

先看一篇短文,一面看,一面分辨哪些是记叙,哪些是描写,哪些是抒情。

我不懂庄子为什么说有至德的人从不做梦。孔子曾经梦见周公,诸葛亮曾经梦见伊尹,难道这两个人的人格还不能做我们的模范吗?我认为梦境可以使人的心灵更丰富。我一点也不羡慕庄子所说的至人。我想这篇文章的读者都有做梦的经验,只是不知道他们做过连续发展的梦没有?有一个梦,我反复做过许多次,每一次情节都有变化,极像是每周一次的电视剧集。

梦境是这样的:我站在一座黑色的山峰上,罩在苍茫灰暗的穹隆之下,只有头顶上一颗星发出神秘的光。我为摘星而来。但是任我像芭蕾舞表演那样竖直脚尖,拉长手臂,总还是差三寸两寸够不着,我想:等我长高一些再来吧。这么一想,我就醒了。

每隔几个月,我会走进梦境再努力一次。如果能摘一颗星放在衣袋里,当然是人生很大的成就。那星在天上诱惑我。那山峰也很凑趣,蓦地把我举高几丈,——也许是几十丈。我高了很多,可是我的手离那颗星还差一截。任我怎样坚忍也是枉然。我总是在背脊出汗、肩膀酸痛中醒来。

在那一段日子里心情真是落寞,每次仰脸看天,就觉得天离地这么高就是为了使我空虚。有时仿佛是,醒里梦里,星已被别人摘走,恨不得能回到童年时代,滚在地上痛哭一场。但是我够不着的东西谁又能够着呢?我的身高是数一数二的,再说,到梦境的路并没有地图。

摘星的梦以后又做过几次,山峰一次比一次高,星离我仍然那样远。后来,那山峰实在太高了,使我发生了可能脱离地心引力的恐慌,我简直以为脚下踏的只是一团伸缩变化的黑气,或是一堆蒙蒙游离的灰尘。我想我是再也回不了家,再也不能悠悠醒转了。

我开始怕这个梦。如果这是个剧集,我希望关掉电视。可是由不得我,总有什么力量把我的灵魂一把抓起来丢在那若有若无的山上,而我也总是身不由己去攀那若即若离的星。

终于,有一次,我一下子把那星抱在怀里了。原来它有汽车的方向盘那么大,而且是撼不动搬不走的。出乎我的意料,它清凉而有韧性,它的光,把我的手指照成透明的了,把我的须发照成透明的了,把我的心肺也照成透明的了,我成了一块水晶。附近的星星都伸出头围拢过来看,地上的人也仰起头来看,我已经和那颗星合并成一颗大星。

这篇文章有记叙,有议论,有描写,也有一点抒情。它究竟是一篇什么文章呢?它该属于哪一类呢?

这是一篇记叙文,记梦。但是它在叙述时候加入了抒情,有几处它用描写代替了叙述。文章开头先发议论,结尾则是诉诸想象的描写。

议论、叙述、抒情、描写,四者综合。

纯粹的议论文,纯粹的记叙文,纯粹的抒情,或是纯粹的描写,在理论上有,在我们做练习的时候有,在我们写作的时候却是极少。我们经常把这四种写法综合使用。

拿前面那一篇文章来说,作者固然是在记梦,可是他对"做梦"这件事有自己的见解。他想把见解也写出来。他为什么不可以写出来?

他,记述那是怎样的一个梦,梦中有些细节非写得详细不能写出梦的特色,非放大了来写不能称心。要想写得历历如绘而不琐碎散漫,必得用描写的手法来处理。谁能禁止他这样做呢?

梦境是充满了感性的,梦中的喜怒哀乐会留到醒后久久不散,把梦境引起情感起伏写出来,不但使记叙更清楚明白,也给梦境增加深度和厚度。那么,为什么不写呢?既然写,为什么不用抒情的笔法呢?

记事、抒情、说理、写景,常常在文章里交织得十分细密。例如:

> 她流下眼泪。

这是记叙。在这句话后而紧接着:

> 泪珠在她眼睛里游走一圈,拉成一条晶莹,啪的一声在地板上跌碎了。

这是描写。若非描写,一滴眼泪不会这么重要,眼泪也不能"拉成一条晶莹"。下文是:

> 人性啊,你的名字是脆弱!一片落叶可以使我产生莫名的烦恼,一只蝴蝶可以给我无由的快乐。当前一滴眼泪则使我颤抖,好像面对灭世的洪水。世上有什么语言可以挽救我的失败呢?有什么行动可以改正我的错误呢?

这显然是抒情了。然后是说理:

事后回想起来，那场面并不值得惊心动魄。人都有一个幼稚期，然后渐渐老练起来，微风能折弯小草，不能摇动树枝。"老练"和"幼稚"常常互相讥讽，那倒也不必，只要老练而不麻木，幼稚而不冲动，两者都很可贵。

这一段虽是说理，却也用了一个比喻，以描写来帮助议论。

就以上的例子举一反三，我们不免要问：是否记叙、抒情、描写、议论可以不再划分了呢？是又不然。

尽管记叙可以和抒情、写景、议论综合运用：

那以记叙为主的，仍是记叙文；

那以议论为主的，仍是议论文；

那以写景为主的，仍是描写文；

那以抒情为主的，仍是抒情文。

通常，我们先考虑写什么题材，也就是采用生活中的哪一部分经验。如果由老师命题作文，他必定先考虑同学们有这个经验没有。他不可能要我们写"喜马拉雅山去来"。

有一个插曲。有一次，班上的作文题目是《我的哥哥》，一位女同学立刻举手发言："我没有哥哥。"老师就问她："你是不是希望有个哥哥呢？你有没有幻想过有个哥哥也很好呢？"答案是"有"。老师说："写你幻想中的哥哥吧。"

幻想也是生活经验的一部分。

题材选定了,你得决定,这篇文章以记叙为主呢?以抒情为主呢?以描写为主呢?还是以议论为主?

有时候,出题目的人连这个也规定了。题目是《蔺相如完璧归赵论》,你大概就不能放手描写了。题目是《祭抗战八年死难的同胞》,你大概就不能"纪事本末"了。题目是《垦丁公园游记》,你大概就不能鸿论滔滔了。这倒也解决了问题。

不过也可能引起问题。像《植物园里的荷花》,原不止有一种可能。你可以写成"植荷",以记叙为主;你可以写成"赏荷",以描写为主;你可以惋惜残荷,以抒情为主;你可以写成《荷池对于景观之影响》,以议论为主。如果题目下面有括弧,注明"记叙文",你就受到很大的限制。

倘若训练有素,几乎什么题目都可以作文。有一年,联考的作文题目没有印在试卷上,改为在考场中临时宣布,以防漏题,但是试卷上"作文"项下有一句话,注明"文言白话皆可",这句话当然是加上括弧的,有些考生临场紧张,没看见黑板上的作文项目,只看见试卷上的"文言白话皆可",以为这就是作文题目,居然也写出满篇文章,真也多亏了他。

又有一次,语文试卷上不印作文项目,临时在考场公布。办理试务的人希望考生作文时先把题目抄下来,不要一出手就是文章,因此在考卷上加注"把题目写在答案纸上"。试题和答案用纸是分开的,考生做出来的文章也是一种答案,这是试务人员的想法。但是有些考生忙中有错,以为"把题目写在答案纸上"是作文题目,居然也能写出好几百字的"答案"。

我当时觉得这事有趣,就去拜访几位阅卷老师,问他们可曾看到根据"把题目写在答案纸上"做出来的文章。有位老师说他看到一篇,写得还挺不错的呢。那篇文章写了些什么内容?阅卷老师想了一想说,内容大概是这样的:

> 有题目就有答案,有答案就有题目。这像是鸡生蛋、蛋生鸡一样,两者有因果关系。
>
> 是先有鸡还是先有蛋?也就是说,先有题目还是先有答案?我想,在命题委员心里是先有答案的,他心里先有了山涛、阮籍、嵇康、向秀、刘伶、阮咸、王戎的名单,再问"竹林七贤"是谁,看我们是否记得。但是对我们考生来说,却是先有题目,后有答案,我们是根据题目作答的。
>
> 不管谁先谁后,两者总是分不开的,没有答案,怎样出题目?没有题目,怎么作答?所以,在各门参考书里,题目和答案都是在一起的。如果只有答案,没有题目,答案又怎能算是答案呢?"整洁为强身之本"是个答案吗?我还以为是个作文题目呢。……

以上"答案",文字是我的,内容是人家的,虽然事隔多年,应该出入不大。这样的"答案"能得分吗?讲究"格律"的阅卷委员认为题目都不对,如何能成?"性灵派"的阅卷委员却说:"就文论文,应当给分!"

这也是一个插曲。

在正常的情形下,究竟抒情、记叙、描写,抑或议论,要看生活经验的内容。

"历险记"总该以记叙为主。你心爱的小狗死了,你为它营葬,自然以抒情为主。别人对你有不公平的批评,或者对你热爱的事物有不公正的批评,你动了感情,但是写文章辩驳仍须明明白白讲道理,不能只感叹呐喊,除非是有口难言。风景必须描写,如果记叙,风景是死的,如果议论或抒情超过描写,那不啻你站在一幅好画前面挡住了别人的视线,未免不智。

如果他埋葬了他心爱的狗,他要写一篇抒情文,他为何还要把记叙和描写"装配"进去呢?这因为文章除了整体效果还有局部效果。

抒情是这篇文章的整体效果。为了得到这效果,他可能要写出爱犬和他的亲密关系,例如蟑螂咬他的书,狗居然替他捉蟑螂。例如他夜晚迟归,狗总是在村外等着迎接,并且进了客厅就替他"拿"拖鞋。"亲密关系"是局部效果。想写出亲密关系,他得记叙。葬犬之日,他的心情应该沉重,心情沉重的人觉得风是凄风,雨是苦雨,如果那天天晴,他觉得连阳光都发黑,好像长了霉斑。他要把天气写得阴沉,这又是局部效果。要造成这个效果,他得描写。

有一位爱写作的年轻朋友对我说,他有一个题材。基隆某街有一座连一座的大楼,像长城一样挡住半边天,当然也挡住了风雨。大楼的"邻居"是一片空地,风雨总是掠过空地斜斜地扑到大楼的墙上。贴近大楼的墙根有一条窄小的水泥路。

这是场景。在这个场地上,有一件事情使那位年轻的朋友想写作。每天下午,附近的小学放学,总有一个老翁牵着一个学童从楼下的水泥小径上走过。这是一位老祖父来接他的孙子。

基隆几乎每天下午有雨,而且海港多风。大楼只能做这一边儿的屏障,另一边儿靠老祖父的一把伞。除了伞,还有他瘦弱的身体。他总是把孩子放在高楼和他的身体之间,由他做另一边儿的屏障。雨伞虽然在他手里,伞顶却总是偏到孩子头顶上。这样,细雨斜风就常常扑到他的身上,他的半个身子,自肩以下,总是湿的。

后来老翁得了严重的风湿病……

这个题材怎么写呢,写成一篇什么样的文章呢? 当然不能以议论为主。记叙,如我上面所写,难免粗疏,笔到而意不到。

老祖父呵护小孩子是个令人心软的题材,两人年龄悬殊,孩子未来之日太长而祖父未来之日太短,恐怕孩子还没长大,祖父已经作古。——写抒情文怎么样?

恐怕笔酣墨饱的抒情,因为作者是旁观者,不是局中人,虽然心中有情,笔下却只能点到为止,否则就是情感"泛滥",失去美感。

这个题材所以动人,是因为人物和环境配合起来。人物是一老一小,环境是高墙和空地。跟钢骨水泥的高墙相比,老翁何等孱弱,但是老翁担当的责任却和高墙相同:遮蔽风雨。看风雨在高墙上留下剥蚀痕迹,真是"人何以堪"!于是祖父身上就有了悲剧英雄的光辉。

这篇文章最好能把老人之老,幼童之幼,高墙之高,冷雨之冷都写出来,使之互相对映。这得描写。这该是一篇以描写为主的文章。

单单使读者"见到"了老人之老,幼童之幼,高墙之高,冷雨之冷,还是不够。作者得使读者"知道"这一老一幼的背景历史,每天出现的原因,此地因何多雨。或者也得使读者"知道"路有多长,那把伞用了几年,修补过几次。要读者"知道"这些,得用叙述。这是此文的局部效果。

如此动人心弦的题材,倘若作者只是让我们"知道"和"见到",而不展露他内心的感应,他未免太冷静了。作者要节制,但是冷静则是过于节制。过于节制可能导致读者冷感,削弱了文章的整体效果。

作者是内心先有了激动,才想写这篇文章。作者要在叙述描写之中选几个地方做自己情感的出口。他得抒情。抒情的文句也许只需要三句两句,就把自己的心打开了,也把读者的心打开了,读者在"知道""见到"之外又"感到"许多。这是另一种局部效果。

> 局部效果加强了整体效果。读者在"知道"和"感到"的帮助之下,对"见到"的环境和人物,就印象深刻,久久不忘。
>
> 同理,在"见到"和"知道"的帮助之下,我们的"感到"可能刻骨铭心。
>
> 在"见到"和"感到"的帮助之下,我们所"知道"的就更确切更真实。

综合各种局部效果,"立方"似的形成整体效果,苏轼的《前赤壁赋》堪称杰作。这篇文章不但记叙、抒情、描写、议论皆备,还加进去诗歌。它首先是叙述:

壬戌之秋，七月既望，苏子与客，泛舟游于赤壁之下。

然后是描写：

清风徐来，水波不兴。

然后是叙述：

举酒属客，诵明月之诗，歌窈窕之章。

然后是描写：

少焉，月出于东山之上，徘徊于斗牛之间，白露横江，水光接天，纵一苇之所如，凌万顷之茫然。浩浩乎如凭虚御风而不知其所止，飘飘乎如遗世独立羽化而登仙。

然后是叙述：

于是饮酒乐甚，叩舷而歌之。歌曰：

然后是诗歌：

桂棹兮兰桨，击空明兮溯流光，渺渺兮余怀，望美人兮天一方。

然后是叙述：

客有吹洞箫者，依歌而和之。

然后是描写：

其声呜呜然,如怨如慕,如泣如诉,余音袅袅,不绝如缕。舞幽壑之潜蛟,泣孤舟之嫠妇。

然后是叙述:

苏子悄然,正襟危坐,而问客曰:"何为其然也?"客曰:

然后是议论,议论之中有叙述,用叙述帮助议论,又用描写帮助叙述:

"月明星稀,乌鹊南飞",此非曹孟德之诗乎?西望夏口,东望武昌,山川相缪,郁乎苍苍,此非孟德之败于周郎者乎?方其破荆州,下江陵,顺流而东也,舳舻千里,旌旗蔽空,酾酒临江,横槊赋诗,固一世之雄也,而今安在哉!

继续议论,用描写帮助议论:

况吾与子渔樵于江渚之上,侣鱼虾而友麋鹿,驾一叶之扁舟,举匏樽以相属,寄蜉蝣于天地,渺沧海之一粟。

继续议论,用抒情帮助议论:

哀吾生之须臾,羡长江之无穷,挟飞仙以遨游,抱明月而长终。知不可乎骤得,托遗响于悲风。

下面是议论:

苏子曰：客亦知夫水与月乎？逝者如斯而未尝往也，盈虚者如彼而卒莫消长也。盖将自其既变者而观之，则天地曾不能一瞬，就其不变者而观之，则物与我皆无尽也，而又何羡乎！且夫天地之间，物各有主，苟非我之所有，虽一毫而莫取。

下面用叙述帮助议论：

惟江上之清风，与山间之明月，耳得之而为声，目得之而成色，取之无尽，用之不竭。

继续议论：

是造物之无尽藏也，惟吾与子所共适。

下面是叙述，并且用描写帮助叙述：

客起而笑，洗盏更酌，肴核既尽，杯盘狼藉。相与枕藉乎舟中，不知东方之既白。

我们可以仔细观摩这篇文章。其中以描写、叙述、抒情来帮助议论，尤其值得注意。

议论文是要使人想，使人信。

把记叙、描写、抒情融入议论，可以增加说服的力量。

议论文的骨干是一"条"普遍原理。（有一种议论文只推翻别人提出的普遍原理,只攻破别人的主张,自己并不建立什么。作文课堂上大概不写这类文章。)凡是"普遍原理",其中都包含若干同类的具体事实。"我吃了一条红烧鱼",这句话里头只有一条鱼,再也容不下别的鱼,这是一道菜,不包含第二道菜。这句话不是普遍原理。

我们不但吃红烧鱼,还吃糖醋鱼,还吃豆瓣鱼,还吃炸鲫鱼、煎带鱼、清炖鲤鱼、清炒银鱼。烧、炸、炖、煎、炒,是五件事。把这五件事纳入一个名词,就是"烹调"。动词升高成为烹调,名词也跟着升高为"海鲜"。海鲜不但包括各种鱼,还包括虾、干贝、鲍鱼、蛤蜊、九孔。

这样一来,整个句子的结构大起变化,句首的"我"字也跟着升高,变成"人人"。海鲜、烹调、人人,都够抽象了,都包含许多东西在内。"普遍原理"看看就要产生了,万事俱备,只欠东风。东风是,你在你的句子里下了判断,表示出是与非、对与错来。它可以判断许多事情。别人听到你的判断,举一反三,又可以用它判断其他同类的事情。

叙述、描写、抒情的句子通常不下判断。竹林七贤之一的阮籍,生逢乱世,唯恐说话得罪了人,就从来不说下判断的句子。据推想,他只叙述、描写或抒情,不发议论,免得要负起是非对错的责任。

如果就海鲜、烹调和"人人"之间的关系下一判断,可以写成"烹调可使海鲜成为美味"。这就包含了食谱上记载的许多事情,并且可以推知一般食谱上没有载明的若干事情。这句话可以算一条"普遍原理"。但是世上有些人不喜欢吃海鲜,他们可能讨厌这句话。

所以"普遍原理"也发生赞成与反对的问题。

"人总是不满现实的",这话有没有包括若干具体事实呢?有。某甲总是对他的学校不满,虽然别人认为他的学校已经不错了;某乙总是对他的家庭不满,虽然别人认为他的家庭已经不错了;某丙总是对他的职业不满,虽然别人认为他的职业已经不错了。……

"人总是不满现实的",人永远觉得他少一间房子,少一套衣服,存款的数字后面少一个零,小数点最好向后挪一挪。这话含有许多个别事实。但是没有下判断。如果下判断,可能有两种说法:

人有权利对现实不满。

人该知足,以免自寻烦恼。

这两种看法是互相排斥的。所以,写议论义的人常常互相辩论。

很可能,有人读了"人有权利不满现实",想想很有道理,渐渐变成不满现实的人了。另外有人读到"人该知足,以免自寻烦恼",想想很有道理,就变成一个知足的人。所以说,议论文使人想,使人信。

在《前赤壁赋》里面,"客"和苏子各有其对人生的看法,"客"认为人生无常,英雄豪杰到最后也是消失得无影无踪,何况一般人?生命有什么意义呢?苏子则认为大自然的美是永恒的,是丰富的,回归自然的人,有永恒的美感和丰富的生命。苏子的一番议论,使"客"改变了沉重的心情。

也许我们应该把"客"和"苏子"两人的意见连贯合并起来看。"客"是苏子的化身,反面意见的代言人。整个的意思是苏子看透了人生,要放弃名利,寄情山水,以大自然为心灵的归宿。

请注意:《前赤壁赋》的整体效果乃是抒情,其中的议论情见乎词,真是"笔锋常带情感"。写景则情景交融,无法区分。这篇文章叙事十分简明,如豆之棚,如瓜之架。作者写到最精彩处,他的"理"时时随着写景抒情透露出来,许多句子是情、景、理三者交融。这是一种复杂的合奏。乐器虽然有好几种,但"曲式"是统一的,也就是说,无论抒情写景叙事说理,都用"赋"的句法,在"赋"的形式之中,大家是和谐一致的。

我想目前我们没有这个本领。不过我们得到的启示可以马上实行,那就是,以抒情为主的文章,其中的议论必须能帮助抒情而不扰乱、打断抒情。目前最"安全"的办法是,使用议论帮助抒情时,说理的句子要少,以防喧宾夺主。苏东坡才有办法写那么多,他是大文豪。同理:

用抒情帮助议论时,抒情的句子要少;

用记叙帮助议论时,记叙的句子要少;

用描写帮助议论时,描写的句子要少。

加以归纳,似乎可以得到一条"普遍原理":

虽然很少,效果却可能很好。

公园里的草地是风景,是公共的财产,你"不该"去践踏它。这是议论。倘若接着描写草地是那么新鲜,那么清洁,那么柔软,也许使你更"不愿"踏它。由于"不愿",你会更加相信"不该"。

春天,有些孩子爬上树去捉那在巢中嗷嗷待哺的雏,又多半不能好好地喂养,只是拿来玩弄一番。在他们手里,"雏"是活不长的。这一年,我们的树林里少了许多羽毛明亮的鸟。少了许多鸣声婉转的鸟。少了许多辛勤捕食害虫的鸟。这是大自然的损失,也是人类的损失。那些孩子实在"不该"这样做。

倘若接着写,这也是鸟的损失,是"雏"的父母无可补偿的惨痛损失。他们丧失了心爱的子女。你用抒情的笔法去写老鸟的痛苦。那些孩子不仅是"不该",更是"不忍"那么做了,而"不忍"使他们更相信"不该"。

下面找一个实例,察看议论文综合使用各种写法的情形。这个例子比较平易。它的写法是,先标出"普遍原理"来:

睦邻可以得到好邻居,好邻居使我们安宁快乐。

然后引用已经得到众人信服的"名言",支持此一"原理":

所谓睦亲睦邻,所谓远亲不如近邻,是中华民族在悠久的历史里凝聚而得的智慧。

此处所谓"凝聚",就是归纳。下面的写法是用反面的材料支持正面的原理,写出不睦邻的结果:

倘若邻居不能和睦相处,会是什么样的情形呢?

有一位太太说,她有经验。

下面叙述事实。

她说,她家的客厅一向很干净。有一天,她从外面回来,满屋子都是油烟,呛得她马上咳嗽起来。怪了,油烟是从哪里来的?仔细一研究,原来后面的邻居在厨房里装了一架抽风机,对准她家的窗子吹,把厨房里的油烟都吹到这边来了。她想,这成什么话呀,你会装抽风机,我不会吗?她马上也装了,尺寸比他的大,马力比他的强,开动以后声音也比他响。每天做饭的时候,两家对着吹。你吹得我家墙上的字画哗啦哗啦响,我吹得你家的锅碗叮当叮当响,天天过日子像打仗。

下面就这一段叙述,以反问的语气作一评断:

这样一来,两个家庭还能安宁吗?还能快乐吗?

下面以抒情帮助评断,以比喻帮助抒情:

一墙之隔的两家人,彼此暗算,彼此讨厌,那种日子是很痛苦的。为此,人要作多少噩梦?要有多少心烦意乱的日子?心里装满了愤恨,跟自己的家人要增加多少争吵?肉里插进一根刺的人,是要失去了正常的感觉的啊!

下面从正面发挥议论:

睦邻之道,千头万绪,但纲领只有四个字,就是"自爱爱人"。在这个原则下彼此相处,积极的一面可以互相合作,守望相助;消极的一面可以消除误会,避免纠纷。彼此和气,彼此热心,彼此有善意,谁也不紧张。

下面用描写帮助议论:

谁都希望他的隔墙是一瓶鲜花而不是一颗炸弹,谁都希望他的屋顶上是一个天使而不是一个魔鬼。

下面用诗句支持描写,再用描写支持议论:

"肯与邻翁相对饮,隔篱呼取尽余杯。""岂独终身数相见,子孙犹作隔墙人。"这样的诗,谁读了也要神往心动的。

下面回到议论:

所以,要记住:好邻居是我们美满生活的一部分。搬家之前,用心选择好邻居,搬家之后,用心创造好邻居。

(以上两篇选自《作文七巧》,北京三联书店出版)

有隐有显谈比喻

爱因斯坦的"相对论"改变了世界,到底什么是"相对论",没几个人能说明白。据说有人当面向爱因斯坦请教,得到如下的答案:女朋友握住你的手,十分钟你也觉得很短;你把手放在火炉上,一分钟也觉得很长。

有人说这个故事是瞎编的,不会有人向爱因斯坦提出这样唐突这样幼稚的问题。有人说在上流社会的宴会中偶然有这样的贵夫人,问萧伯纳怎样写文章。有人说这个答案不是爱因斯坦的,它是推行通俗教育的人假设的、代拟的,这个答案并不是科学的答案,它是文学的答案。

好,文学的答案,在文学里面,这样的答案叫比喻,也叫譬喻。比喻不等于事实,而是你通过它可以了解事实,这个了解也未必很准确,很全面,往往是偶然会意,仿佛得之,然后,文学的受众也就欣然忘食了。文学家说你可以用好几种方法使用比喻,"相对论"为什么难懂?因为太抽象,有人用一件非常具体的事情来摹拟它,这是"比",经过这样一比,你说我知道了,这叫"喻"。

使用比喻的另一个方法是以简单喻复杂。唐朝末年,中国分裂成"五代十国",赵匡胤篡夺了其中一个国家成为宋太祖,他即位以后,南征北讨,统一天下。他兴兵灭南唐,南唐派大臣徐铉求和,徐铉说,南唐一直称臣纳贡,是一张乖乖牌,朝廷何必兴兵?宋太祖一句话就把徐铉堵回去了:我的床铺旁边怎么可以有别人呼呼大睡?宋太祖用的是比喻,是文学的答案,不是政治学答案,政治复杂,"卧榻之旁"简单。

还有一个方法,用熟悉的事物比喻陌生的事物,"云想衣裳花想容",我们常常看见云和花,谁也没见过杨贵妃,李白这么一形容,好像看见了。从前孟夫子周游列国推销儒家的仁政,梁襄王问他为什么行仁政可以使天下归心,孟子拿田里的庄稼作比喻说给他听,仁政是个什么玩艺儿,国王没见过,庄稼什么样子,他见过,中国以农立国,周天子每年春天到郊外去表演耕田,当然是象征性的。孟子说:天气干旱的时候,田里的禾苗奄奄一息,老天爷下一场雨,禾苗就挺胸昂首生机蓬勃,现在全中国都在闹政治性的旱灾,人人盼望政治性的甘霖,他说老百姓都翘首望天,看天上有云没有,他说得很生动,容易懂。

还有一个方法,以具体喻抽象,宗教家都擅长这个方法。例如佛家说"一即一切,一切即一",太抽象,不好懂,弘法的人说"千江有水千江月",天上有月亮的时候,江河湖海中都有月亮,水中的一切月亮都是天上那一个月亮,天上那一个月亮就是水中所有的月亮。很具体,好懂。他们也说"万花即春,春即万花",春是一,花是一切,这更好懂,我们也说"万紫千红总是春",百花中有春色春意春季节,春色春意春季节中有百花。

耶稣布道也喜欢比喻,他的门徒曾经问他为什么不直接说个明白,可见他用过的比喻非常多。佛家用的比喻都有人记下来,很丰富,增加后世说话作文的技巧;基督说过的比喻也有记载,很少,很可惜,可以想象有很多很多"文学的答案"都失传了,我怀疑这笔损失影响后世基督教传扬福音的效果。耶稣十二门徒中间有个彼得,本来打鱼维生,耶稣劝他"跟从我,我要教你得人如得鱼一样"。这个比喻实在精彩,彼得马上丢下鱼网。耶稣在野外布道,从地上摘下一朵百合花,他对听众说:"所罗门王朝的荣华还不如这一朵花呢!"通常世人的想法是,花开花谢时间短促,人生在世的好日子也一样,耶稣更有创意,有权势的人马上会失去他的权势,有金钱的人马上要失去他的金钱,花开花谢的时间也比他长。耶稣最出名的一句文学语言是:"富人进天国,比骆驼穿过针眼还难。"好夸张!语不惊人死不休。还有,他说:"一粒麦子,若不落在地上死了,仍旧是一粒,倘若死了,就结出许多子粒来。"他这样比喻殉道,很有煽动力。千载之下,我们也有了"落红不是无情物,化作春泥更护花",比他柔和。

比喻是修辞的一种技巧。《修辞学》把这门功夫分得很细，我们在实践的时候用不着那么琐碎，经过归并，比喻有两大类，一是明喻，也叫直喻，一是暗喻，也称隐喻。明喻，就是我们常说的"甲像乙一样"。有时候，我们不把甲说出来，我们只说乙，但是针对着甲，这叫隐喻。

"比喻"是文学写作极重要的手段，作家应该是擅长使用比喻的人，大作家往往是"创造比喻"的人。有学问的人说，语言文字是一种粗糙简陋的工具，只能说个"大概""仿佛"，它的功能天生是"比喻的"，作家既然擅长使用语言文字，当然擅长使用比喻。这个提示使我发现我们说话几乎离不开比喻，例如"生"这个字的意思本来是"草木生出土上"，我们说"生孩子"，也就是说像种子发芽一样，"发生"，也就是说像竹笋由地下冒出来一样。学生，像新生的小草一样，学派的创始者被人称之为什么什么之父，后继者被人称之为某某精神上的子孙，生生世世，就像"离离原上草，一岁一枯荣"。

动物的巢穴叫"窝"，一个人居住的地方也叫窝，人的家像兽的窝，"外面的金窝银窝，不如自己的草窝"。一群人的根据地也可以叫窝，这地方是那一群人的家，也可以叫老窝、老巢、老根据地，根据地也是比喻，像树根抓住这一片土地。某地是某人的势力范围，"范围"也是比喻，那地方好像他用围墙围起来,他说出来的话就像法律。我们也说某处是某人的地盘,"地盘"也是比喻,"这里好像是他家盘子里的东西"。

明喻,甲像乙一样,每朵花都像要出嫁的新娘一样。在这个句子里面,花是"喻体",被喻之物;新娘是"喻依",用作比喻之物,这些专门术语暂时不要管它。他喝酒就像喝水一样,他花钱就像风飘落叶一样。农夫辛苦得像他的牛一样,也快乐得像树上的鸟一样。学生拥抱考试,就像开山筑路的工人拥抱大石一样。如此这般,我们都做过这样的练习。

倘若只有这一个句式,未免单调,先行者教我们变化。"甲像乙一样",第一,省掉"一样",只说"甲像乙"。像大江入海,他走了,像大年夜的烟火,那么快就消失了。第二,"像"也可以换成"似",五月榴花红似火,冷风急劲,弦也似的走在草叶上。第三,也可以换成"如",如日之升,如月之恒,如南山之寿。第四,也可以换成"想",云想衣裳花想容。第五,也可以换成"是",恋爱的时候是四月天,结婚以后是十二月天。

有时候,你可以完全离开"甲像乙"的句式。他的舌头上装了弹簧,这就离开了如簧之舌。雨下得太大了,天河决堤啦,这就离开了大雨倾盆。不说爱情像咳嗽,说"爱情与咳嗽不能久藏"。不说"问君能有几多愁,恰似一江春水向东流",说长江断流的时候我断念。不说江山如画,说挂在墙上的江山。《旧约》

诗篇活用比喻:"天离地有何等地高,他的慈爱也何等地深,东离西有多么地远,他使我的过犯也离我多远。"

像开门见山一样,开卷见比喻。以熟悉之物比陌生之物,例如日本关东军跟溥仪的关系,好比手与手套的关系,手套是空的,是死的,要手伸进来才起作用。以眼前之物比难见之物,例如李进文的警句:死亡只不过是猫追毛线球追到较远的角落玩耍而已,始终有一条线与生者相连。以具体之物比抽象之物,例如梁淑华译文:习惯始如蛛丝,终如大厦。为了补救语言文字的缺点,为了把不容易说清楚的事物说得明白一些,理应如此。不过"讲清楚、说明白"并非文学作品唯一的目标,在创作实践上也有人反其道而行。

小说家黄孝阳写《旅人书》,事件不是常情常理想当然耳,语言也不是文从字顺众口一词,他用比喻也不守成规,以地狱火苗比眼神,以"一只微微鼓起、不含有人类感情的眼睛"比月亮,他说,"她的样子像一个好心肠的巫婆"。他形容某人的表情像濒死之人的脸。凡此种种都是用陌生比熟悉,用没见过的比见过的,他这样营造一个地球上没有的人间。井上村树也说,深而冷的沉默,如同被封闭在冰河里的五万年前的石头,谁又见过这样的石头?民间俗语也说,某人的脸像吊死鬼,谁又见过吊死鬼?但是这么一说真能散放出一种气氛来。

在学习的过程中,许多人都是先熟识明喻,后操练隐喻,可以说,明喻是隐喻的基础。明喻是"甲像乙一样",隐喻是不说"甲",只说"乙",他的意思是说"甲",只是字面上看不见。引狼入室,"狼"是一个坏人;云游四海,"云"是一个和尚;风行一时,"风"是一个歌星。拿破仑说:"一只老虎带一群羊,羊也变成老虎,一只羊带一群老虎,老虎也变成羊。"他不是说老虎和羊,他是说将军和士兵。林肯做美国总统的时候,财政部长带领银行代表团晋见,部长说,这些银行家都对国家忠心,《圣经》上说:"你的钱在哪里,你的心也在哪里。"林肯回答,《圣经》上还有一句话:"尸首在哪里,鹰也在哪里。"他说的鹰应该是兀鹰,专吃动物的尸体。林肯的意思是,什么地方可以赚钱,什么地方有商人,鹰和尸首都是隐喻。

苏东坡的词:"明月几时有,把酒问青天。不知天上宫阙,今夕是何年。我欲乘风归去,又恐琼楼玉宇,高处不胜寒。"表面上是中秋对月,实际上是说,我有罪下放密州,很挂念朝廷,也不知朝中发生了什么大事没有,我很想回到朝廷尽我的心力,只怕很难适应那里的政治生态。宋神宗读到他这首词,认为苏轼对朝廷还是很忠心的。这一番政治表态如果直白说出来就俗气了,苏东坡把它放进明月、天上、乘风、琼玉、高寒,一连串的比喻里,而且隐去被喻之物,洗尽俗尘,给我们一个"碧海青天夜夜心"的境界。这首词也因此可以脱离原来的语境,代换意识形态,超越时空限制,至今沁人心脾,隐喻对美文的贡献亦大矣!

前贤说,用比喻,以乙喻甲,甲乙只是局部相似,并不需要完全相同。爱情像咳嗽一样,两者只在"不能久藏"这一点上成立。"美文"以引起美感为目的,比喻是重要的手段,它可以释放想象力,产生催眠作用,发现万物之间的新连结。一般而言,美文的读者容易和作者合作。倘若写论辩的文字,比喻往往误事,对方可以抓住甲乙不相似的部分加以发挥,推翻你的说法。你说"除恶如农夫除草",他会说,农夫也需要有草喂牛,农夫也种草皮卖给城里人美化庭园。你说"有奶便是娘",他反问孩子也喝牛奶,牛也是他娘?这样,比喻就只见其短了。

既然两词仅有部分相似,一个"用作比喻之物"可以为不同的"被喻之物"服务,可以一词多喻。例如"云雨":翻云覆雨,指它变幻不定。蛟龙得云雨,指客观的条件具足。巫山云雨,指爱情的讯号。"日月":日月经天,指永久不变。壶中日月,指光阴岁月。日月重光,指政局清明稳定。仲尼日月也,最高权威,人人景仰。竹,虚心,有节,挺直,不肯折断,指君子。但是,竹,外表坚硬,内里空虚,根部见缝就钻,躯干迎风折腰,不能成为栋梁之材,指伪君子。草,指平民,香草,指君子,十步之内必有芳草,指好人。天涯何处无芳草,可以指淑女,可以指人才,还可以指小人。

当年新文学以革命的姿态出现,前贤排斥成语典故,认为那是陈腔滥调,必须革除。几十年实践下来,成语典故都可以当作比喻使用,都还有很强的表现力。合浦珠还比喻失而复得,青梅竹马比喻两小无猜,自相矛盾可以和"自己搬石头砸自己的脚"并存,越俎代庖可以与"狗拿耗子,多管闲事"并存,与虎谋皮可以与"请鬼抓药"并存。根深蒂固,鬼斧神工,披荆斩棘,翻云覆雨,仍然可以是生力军,文章之道,在乎"把最恰当的字放在最恰当的位置上,"成语典故是否陈腐,是否有表现力,大半由上下文决定,不由辞典决定。

比喻不限一句,你可以使用一连串比喻描述一个景象、一种心情,这一串比喻要"同质相关"。如果浪子是落叶,家庭就是枝干,风是流浪的信息方向,土地就是异乡。如果浪子是转蓬,(你在好莱坞拍的西部片里看见过,干枯的蓬草在风中纠结,在地上滚动,地上的断草黏合上去,球形越滚越大。)枯草黄叶就是盲流,风就是某种压力,例如战争、饥荒或者革命。如果浪子是浮萍,水就是动荡的环境,土地是可望不可得的安定社会。中国以农立国,古典文学以椿树代表父亲,以萱草代表母亲,以棠棣代表兄弟,以芝兰玉树代表子孙,一连串比喻没有超出植物的范围。

《诗经》有一段祝福之词:如山、如阜、如冈、如陵、如川之方至、如月之恒、如日之升、如南山之寿、如松柏之茂,"九如"。《金刚经》形容世事:一切有为法,如梦幻泡影,如露亦如电,"六如"。梁任公才气大,他说老年人如夕照,少年人如朝阳。老年人如瘠牛,少年人如乳虎。老年人如僧,少年人如侠。老年人如字典,少年人如戏文。老年人如鸦片烟,少年人如白兰地酒。老年人如别行星之陨石,少年如大洋海之珊瑚岛。老年人如埃及沙漠之金字塔,少年人如西伯利亚之铁路。老年人如秋后之柳,少年人如春前之草。老年人如死海之潴为泽,少年人如长江之初发源。一连十六个比喻,连弩射向一个稻草人,不能抵挡,无法躲闪。

二十世纪六十年代,诗人余光中在美国讲学,写大品散文《咦呵西部》,描述自己驾车横贯美西大平原,善用比喻。诗人风华正茂,有"春风得意马蹄疾"的豪情,高速行车,想象当年美国开发西部时的光景,从中取喻,自成系统。西部大地空旷,"任你射出眺望像亚帕奇的标枪手,抖开浑圆浑圆的地平线像马背的牧人"。亚帕奇,印第安人的一支,饶勇善战,远距离投射标枪是他们的战技。马背牧人,当年西部以牧牛为业,管理牛群的人,所谓牛仔,骑在马上,往来驰骤,他们能抛出绳圈套住奔牛,当然也能套住敌人。"如果有谁冒冒失失要超单,千仞下,将有一个黑酋长在等他,名字叫死亡。"白人来开发西部,处处和印第安人争地,长期激战,黑鹰酋长使白人妇孺闻风丧胆。

当年西部洪荒,野兽出没,诗人屡次以豹喻车,他称汽车为"底特律产的现代兽群",底特律,美国汽车工业的重地。"所有的车辆全撒起野来,奔成嗜风沙的豹群。""霎霎眼,几条豹子已经窜向前面,首尾相衔,正抖擞精神,在超重吨卡车的犀牛队,我们的白豹追上去,猛烈地扑食公路"。形容车队,诗人说形成一条长长的蜈蚣,不说长龙。多少西部片都有重大事故在赌场发生,诗人用轮盘喻汽车的方向盘,不用罗盘,"方向盘也是一种轮盘,赌下一个急转弯的凶吉"。

如前所述,我们可以在一句之中用一个比喻来形容某一事物,这一句用的比喻和那一句用的比喻不相关联。进一步,我们也可以在一段之中用多个比喻来叙述某一事物,各个比喻互相有默契,连成一系。再进一步,我们还可以整篇文章里的比喻都从一个系列中产生,或者说都纳入一个系列,而且可以不写"喻体",(被喻之物),只写"喻依",(用作比喻之物),把整篇文章做成一个隐喻,这时,你我就不是写这篇文章用了比喻,而是用比喻写成这篇文章。可以说,这是我们追求的高级目标。

隐喻的用处比明喻大,花样也更多。且看苏格拉底怎样用隐喻教学。苏格拉底有一个著名的学生柏拉图,问老师什么是爱情,他们谈话的地点在郊外,前面是一片稻田,稻穗已快要成熟了。苏格拉底教柏拉图从这一片稻田穿过去,拣一个最大最漂亮的稻穗回来。他规定一直往前走,穿过稻田,不能回头,而且只可摘一枝稻穗,摘到手以后不能更换。柏拉图照着老师的话去做,结果空手回来,他说他从头走到尾不能决定哪一枝稻穗最好,总以为最好的是下一个,谁知越往前走稻穗的成色越差,走到尽头才发现那最大最好的稻穗都错过了,他一个稻穗也没有摘到。苏格拉底对他说:"这就是爱情。"请注意,在这个比喻里面,"喻体"占的篇幅很大,可以独立,"隐喻"已经高于修辞方法成为文学体裁。

佛教的《百喻经》记载佛陀说过的许多比喻,我们都拿来当作文学作品阅读。佛陀说,有一个剧团到各地巡回公演,长途跋涉,在山中树下过夜。这天夜里气温降得很低,有一个演员被冷风吹醒了,就抓来一件戏服穿上保暖,这件衣服恰巧是扮演罗刹鬼穿的。另一个演员也冻醒了,睁眼一看,旁边坐着一个罗刹鬼,大叫一声,起身就跑。这一叫惊动了大家,纷纷奔逃。那个穿戏服的演员并不知道一场虚惊由自己引起,心慌意乱,也紧紧跟在大家后面。跑在前面的人,看到罗刹鬼从后追来了,跑得更快,有人跌伤了,有人被树枝岩石擦伤了,直到天亮才弄清事实真相。

　　这个故事以剧团比社会,以戏剧比人生,以演员比每一个人,以山林露宿比人生如寄。人穿上戏装,指人世百态都是"假相",大家以为见鬼,指人在假相中迷惑颠倒,误穿戏服的人不知道自己的模样,指人不能自觉,天亮代表"悟",识破假相,放下执着。因为文中所有的比喻都是隐喻,所以字面上看不见社会、人生、寄旅、假相、迷惑颠倒、觉悟,只看见演员、山林、罗刹鬼、逃命、天亮。于是这篇作品有一部分写成了文字,有一部分没写成文字,一而二、二而一,互相依存,写出来的这一部分可以单独存在,流传,供人欣赏,另有解读,不必顾到它原来的寓意。

　　做到这一步,就是象征了。

(选自《灵感》,浙江文艺出版社出版)

反　问

一

有一天下午,杨先生经过训导处,听见训导主任正在"训"一个学生:

> 你身高一米五,还算不算是小孩子? 上学读书,应该迟到早退,上课应该打瞌睡,是不是? 月考成绩,有四门重要的功课不及格,心里高兴吗? 成绩单拿回家去了,不敢给父母看,划一根火柴烧掉,问题就算解决了吗? 你这样下去,将来能做什么? 做工人,你有力气吗? 做乞丐,你的腿断了吗? 什么都做不成,去做小流氓吗?

停了一下,训导主任又把一连串的问号,朝那个学生的头上轰去:

> 你将来想做什么? 做流氓吗? 做乞丐吗? 月考应该不应该及格? 成绩单应该不应该拿给父母看? 上课应该不应该打瞌睡? 上学应该不应该早退? 你来骗谁? 为什

么要欺骗？为什么不诚实？我们天天过愚人节,是不是？

那个受责备的学生一面垂头丧气,一面又得挺直双腿,自肩以下保持立正姿势,那样子,看上去有点可笑。他对训导主任提出来的问题,一概不敢回答,这不仅是在礼貌上不许回答,同时也因为每一个问题的答案对他自己都不利。训导主任呢,他显然觉得责骂学生不是一件轻松的事情,他得想出很多难听的话来,使那个学生羞愧、难过,却又不能失去教师的风度。他向那个学生提出一连串问题,这些问题,在他是明知故问,发问的目的,不在得到答案,而在利用反问的方式,表达自己的意见,完成他对那个学生的批判。

听见训导主任"训"学生,杨先生想起他最近所看的一场电影。电影的主要场面,是法庭开审的情形。为了一件谋杀案,原告检察官和被告的辩护律师,双方唇枪舌剑,不过检察官和律师并不直接辩论,他们轮流盘问证人。他们努力把对方的证人"问倒",好显出对方理屈,自己理直。那律师或检察官,都利用反问的方式,表达自己的意见。完成对那个证人的批判。杨先生还记得有一场对白是这样的:

　　律师(低声):我的话,你听得清楚吗？

　　原告证人:你说什么？

律师(声音更低):现在能听清楚吗?

原告证人:啊?什么?

律师(提高声音):你的耳朵有毛病吗?

原告证人:有一点毛病,不过,它并不妨碍我。

律师:你说,女主人被人杀死的那天晚上,你听见女主人房里有一个男人,两个人有说有笑,是吗?

原告证人:是的。

律师:那个男人,你认为就是被告,是吗?

原告证人:是的。

律师:你住在主人家里?

原告证人:是的。

律师:女主人住在楼上,你住在楼下厨房旁边?

原告证人:是的。

律师:楼上有人讲话,你能听得出是谁的声音?

原告证人:没有别人可以跟女主人那样谈笑。

律师:那是什么样的谈笑?一种有爱情在内的谈笑?

原告证人:我想是的。

律师:那天晚上,也就是女主人死前,你是几点几分听见楼上有谈笑的声音?

原告证人:九点三十分左右。

>律师：电视公司有没有一个节目，叫《可爱的家庭》？
>
>原告证人：有。
>
>律师：这个节目，在晚上九点二十分到九点四十分播出。你怎知道那天晚上楼上谈笑的声音，不是女主人独自收看这个节目？
>
>原告证人：……

从电影上看，英美司法审判主要的过程，就是双方互相盘问对方的证人，利用反问的方式推倒对方的证词。在那种司法制度下，律师和检察官都磨练发问的技巧，把自己的一套理由分解成若干问号。这和训导主任"训"学生的方式，真有异曲同工之妙。

吃晚饭的时候，杨先生听见饭桌上有人主张女孩子只要识字就行了，不必受高等教育。他立刻想到，对于"女孩子不应受高等教育"之说，可以用一连串的反问来表示批评。例如：女孩子没有眼睛吗？女孩子没有智力吗？医院里不要女医生吗？学校里不要女教师吗？居里夫人不是女人吗？吴健雄不是女人吗？……

二

一连几天,社会上都在讨论"免试常识"的问题。小学毕业生升初中,本来要考三种功课:语文、算术、常识;后来,教育当局觉得孩子们的课业负担太重,决定初中入学考试不考常识,这样,孩子的课业负担是减轻了,可是有些小学因此不重视常识教学,甚至根本不教常识。于是有人忧虑,免试常识的结果将使第二代都没有常识。公民没有常识,如何自立?因此,有人认为免试常识的结果是动摇根本。

杨先生打开收音机,正好听见里面讨论免试常识和根本的问题。这个节目主持人,好像不同意"免试常识足以动摇根本"的说法,可是,他没有成篇成套地说出自己的理由,他只问了对方几个问题,就把自己的主张表示得明明白白。杨先生觉得广播中的那一段谈话很不错,可惜来不及记下来,好在他认识这位节目主持人,就立刻写了一封信去称赞这段谈话稿。过了几天,谈话稿寄来了,内容是这样的:

客:王先生,你赞成不赞成恢复常识考试?

主:你是说,初中入学考试要不要考常识?

客:是呀。

主：我看，照现在的情形，还是不要考常识。

客：不行！怎么可以不考常识？不考常识，小学里就不教常识，学生都没有常识，小学的学生没有常识，将来第二代公民都没有常识，你想想看，一个社会的人都没有常识，那个社会还能存在吗？免试常识不是动摇根本吗？

主：李先生，你的意思是说，小学里的常识教科书，一定要教，是吗？

客：是的。

主：你是说，为了要他们切切实实地教，升学的时候一定得好好地考，是吗？

客：是的！

主：如果不教，不考，谁也不知道常识教科书里面是什么，那就要动摇根本，是吗？

客：当然！

主：李先生，我这里有一本常识教科书，是小学的读本。这本书问：诺贝尔奖金是由哪一年开始颁发的？您知道吗？

客：这，我倒不知道。

主：中国的海岸线一共有多长？北边从哪里开始？南边到哪里结束？

客：我忘了。

主：电池有三种，第一种是什么？第二种是什么？第三种又是什么？南洋群岛一共有多少华侨？二次大战以后几个国家独立？意大利的教堂很多，哪一座教堂有名？元朝的铁木真原来住在哪座山上？

客：我不信会有这样的问题，你跟我开玩笑！

主：李先生，教科书在这里，这些问题的答案，我也背不出来。请问你，你现在觉得根本动摇了吗？

除了代抄原稿以外，节目主持人还写给杨先生一封信，提出一个"反拜托"。这位节目主持人接到了听众方先生的一封信，这位听众很年轻，他说，他对女孩子一点兴趣也没有，一向不爱跟她们打交道，甚至连看她们一眼都不愿意看，于是，女孩子都批评他骄傲，说他不通人情。他写信向节目主持人请教，问应该怎么办，节目主持人转向杨先生请教，请他代写一篇答复的话。杨先生想了一想，写的是：

有一位方先生写信给我，写得很有意思。他说，他对小姐们一点兴趣都没有，他见了小姐，不但不爱跟她们说话，连看都不爱看一眼。他的态度既然如此，小姐们对他的态度当然很不友善，有时候，这位方先生觉得也很烦恼。

大概有一天,在他觉得烦恼的时候,就写给我一封信。

　　站在方先生这方面来说,他大概是个很有道德的君子,一向"非礼勿视"。其实,这种想法太迂了。照我们新的道德标准,方先生遇见了他顺眼的女子,尽可以大大方方地看她一眼。小姐是很欢迎你看她的。你想想看,我们男人出门,打一根领带就走,小姐们出门要对着镜子"捯饬尺"半天。她为什么那样不怕费事,还不是为了给你看?你不看她,岂不是枉费她一片苦心?当然,看她的时候要大大方方地看,要用善意的眼光看。有人看小姐的时候,两眼发直,嘴角几乎要流口水,那当然是很不雅的。

　　在我看来,方先生似乎缺少一种能力,就是跟女性相处的能力。社会上有很多男人认为女性很难相处,跟女性在一块的时候,他觉得很受委屈。他觉得在好面前转来转去是很无聊的举动,从女子身旁走开,离女人远一点,才比较舒服。这种舒服是真舒服吗?不是,事后想想,又真不舒服。这样的男人,可以活得很孤单,往往很迟、很迟还不能结婚。我奉劝方先生培养一种能力,就是跟女性相处的能力。方先生,你如果有女同事、女邻居,你如果碰见女店员、女理发师,请你用平常的态度对待她们。她们既不是天仙,也不是妖怪,她们也是人。你不必紧张,不必害羞,更不必不耐烦,你不一定要故意奉承她们,可是也不必故意躲着她们,你不必故意看她们,可是也不必故意"不"看她们。

写好以后,杨先生忽然想起:为什么不用反问的语气写呢?他另外拿一张稿纸,从第二段起改写:

方先生,你是主张"非礼勿视"的吗?

你觉得,男孩子不应该看女孩子,是吗?

请你告诉我,为什么不应该?

他们不漂亮吗? 不可爱吗?

她们是妖怪吗? 是神仙吗?

女孩子在出门以前,对着镜子收拾半天,她是为了什么?

如果大大方方地看她一眼,你觉得有困难吗?

如果平平常常地跟她谈几句话,你觉得很困难吗?

你是在故意躲起来不看她们吗?

大大方方地看她一眼,或者平平常常地跟她们说几句话,是对她们的一种欣赏,一种礼貌。这话你赞成吗?

封寄这篇文稿的时候,杨先生觉得可以下一句结论,那就是:说明事理可以用反问的手段。"人生自古谁无死?"就是说人皆有死。"肯把功名付俗流?"意思就是不肯。"相去几何?"意思是差别很少。"何可废也?"就是不能废除。"旧生活,岂不全是枯燥的吗?"是!"岂不全是退化的吗?"是!

三

杨先生是个"中庸"的人,不愿意提倡这种一路问到底的写法。他的习惯是,找一些极端的例子,证明这办法是可行的,然后拿这个办法作有限度的使用。

在论说文里面用反问的语句,可以使文章出现耸拔的气势,使读者特别注意。不过,在他看来,反问的语句,只要应用一两句就好。像下面的这些例子:

> 单是瞧它们婆娑轻舞,或是娇憨地摇着扇子招它们来,不是较戏弄它更有趣味、更觉得可爱吗?(陈醉云:《蝉与萤》。初中语文第一册。)
>
> 就以人来说,又何尝不是如此?(宋晶宜:《雅量》。初中语文第一册。)
>
> 今天的事推到明天,明天又推到后天,一天一天推下去,我们还有做成功的时候吗?(甘绩瑞:《从今天起》。初中语文第一册。)

至于犬马,皆能有养,不敬何以别乎?(《论语》。初中语文第一册。)

一问一答,自问自答,或是只问不答,是文章常见的句法。先问后答可以引起读者的注意,只问不答可以触发读者的思考。还有,问的时候,好像语气忽然提高了,答的时候,好像速度会慢下来,这就是"抑扬顿挫"。

像下面的例子:

什么叫做大事呢?大概地说,无论哪一件事,只要从头到尾彻底做成功,便是大事。(孙文:《立志做大事》。初中语文第二册。)

人生什么事最苦呢?贫吗?不是。失意吗?不是。老吗?死吗?都不是。我说人生最苦的事,莫过于身上背着未了的责任。(梁启超:《最苦与最乐》。初中语文第二册。)

天下事有难易乎?为之,则难者亦易矣;不为,则易者亦难矣。(彭端淑:《为学一首示子侄》。初中语文第三册。)

倘若有人问我:百行什么为先?万恶什么为首?我一点不迟疑地回答:百行业为先,万恶懒为首。(梁启超:《最苦与最乐》。初中语文第六册。)

在寻找这些例证的时候,杨先生又在很多论文里面,发现自问自答的情形。"风俗之厚薄奚自乎?自乎一二人之心所向而已。""多乎哉?不多也。""母贵则子何以贵?子以母贵,母以子贵。""我们生在哪一个时代?我们生在现代。现代的人,还相信香灰可以治病吗?我们的答复是:"不相信。""我们为什么肯吃苦?我们为什么不灰心?无非是为了追求那个光明的远景。"这种自问自答的写法,富有对话的趣味,好像作者把读者请来当面交谈一样。当然,这种自问自答的办法,杨先生也反对多用。在一篇论说文里面,只要有两三处也就够了。

杨先生相信他又找到了写论文的一个方法。杨先生想起来,当初他说论说文的句子是一些"是非法"的句子,曾有学生提出疑问,认为论说文里面有很多句子并不合乎是非法。现在,他可以综合回答,那是因为下面几个原因:

1. 写论说文的人,要找一些证据来支持自己的"是非",在叙述证据的时候,其中有些句子不需要是非法。

2. 写论说文的人,有时要用一个小故事来启发读者,他在讲故事的时候,可以暂时抛开是非法。

3. 写论说文的人,有时需要用一段描写来打动读者,描写时用不着是非法。

4. 写论说文的人,有时用诗人的口来说话,诗句不用是非法。

5. 写论说文的人,有时用反问的口吻说话,反问的句子不合是非法。

如果没有这五种办法,论说文未免枯瘦干燥,不能充分发挥它的效用,有了这五种办法,骨骼已隐藏在血肉发肤之内,而发肤之外又经过适当的化妆。

说到反问的句法,绝不高深隐秘,学生们早已在使用了。吴强就写过:"他们也都有短处,干吗要那么骄傲呢?"古仁风就写过:"如果不体罚学生,要藤条做什么?"龚玫就写过:"假使你走在路上,看见地上有一卷钞票,它明明是别人遗失的东西,你打算怎么办?掉头不顾而去吗?把它拿回自己家中吗?想办法使丢钱的人再找到它吗?"反问,用反问的语气表示肯定的态度,原是人类语言中已有的技能。学生以前把这种能力用在论说文中,是不自觉的。如果加以点破,就可以由无意识的使用,变成有意识的运用了。

是非法

一

杨老师收到吴强的文章了,那篇文章是这样写的:

世界!我讨厌你!在这世界上,有太多的小丑,太多的无理,太多的噪音!

也许是天意?我没有别人那样流利的口才。父亲虽然请了专门的医师替我矫治,无奈没有效验。父亲对我说:"这是一个很小的缺点,没有什么关系,不要常常想着它!"是的,演算数学时,我和别人一样灵活;打球的时候,我和别人一样敏捷。在课堂上、球场上,我不弱于任何人。我只是不能参加演讲比赛会而已。可是,有些人,偏要在课堂上讽刺我,他们在球场上不肯把球传给我。我倒肯忘记我的缺点,可是他们不肯忘记。

在人声喧闹的地方,我总是觉得非常寂寞。我没有办法和别人打成一片。就是荒山上的鲁滨逊,也不过像我一样寂寞吧!不,鲁滨逊可以远远离开人群,而我不能,我和

许多人在一起,他们见了我,立即会发生一种优越感。我真是莫名其妙:他们也都有短处,干吗要那么骄傲呢?

我要好好读书,出人头地,给他们看看。

杨老师承认吴强这篇文章写得很好,可是读来总觉得什么地方不对劲。错误在哪里呢?杨老师找出来了!当他教吴强写这篇文章的时候,心里希望吴强把它写成一篇论说文。在他的心目中,论说文有论说文的口吻、笔调。吴强的这篇文章,造句的方法不像论文。

然而论文造句又用什么方法呢?

杨老师沉思了。"不爱惜光阴就是浪费生命",这是论文;"流水一般逝去的光阴呀,谁能把你留住呢?"不是论文。"永远勿忘母爱"是论文,"慈母啊!我永远感谢你!"不像论文。"令人厌恶"是论文,"真是讨厌死了!"又不像论文。论文的写法是:"昨天令老年人觉醒,明天让青年人盼望。"抒情文的写法才是:"去的尽管去了,来的尽管来着……太阳,它有脚啊!轻轻悄悄地挪移了!"……怎样把这两者的区别告诉学生呢?

他想起来,做论文的题目、用抒情的调子是学生的通病,有这个习惯的男生,占三分之二,而女生几乎是全体。例如一个叫龚玫的学生写的《论升学》——

两年前考学校时的情形,像电影一幕幕地在我眼前晃动。考试前夜,通宵未眠,害得母亲也陪了我一夜。心情紧张得不知看哪本书好,坐在椅上发呆,直到公鸡叫了,东方露出鲜红的太阳,我才在父、母、弟、妹陪同下踏进考场。然而,放榜的那一天,公布栏上却找不到自己的名字。来看榜的人一个个面带笑容地走了,我却麻木地站在那儿。直到工友来关门,我才离开那儿,在街上无目的地乱走。名落孙山!还有什么面目回去见家人?现在,我又快要去参加另一次升学考试,万一考不上呢?那真不敢想。只有多用功,每晚做功课到十二点,早上五点又得起床,这样下去,恐怕不到升学的日子,我只剩下一把骨头了。……

你看,这篇文章偏重写自己的感觉,而不是写出自己的"意见"。论说文乃是"讲理",是发表意见——这样说明,学生能不能领会,如果他们不能领会,该换个什么样的说法呢?……想着想着,上课的钟声响了,杨老师只好放下这个未能解决的问题,到课堂中去。

二

下课以后,有人看见杨先生在办公室里发呆。

杨先生究竟在想什么呢？

在上课以前,他曾经想过,论文的句子与抒情文的句子不同。他一时说不明白,怎么样的句子才是论文的句子。刚才,他在课堂上讲一课论文,反复地念诵文中的句子,心中忽有所悟,下课以后,他把心中所起的那个念头捉住了、固定了,使它清晰明朗起来。他想起测验用的是非题。

还记得,当他初执教鞭时,第一次轮到他出题,其中是非题一项,煞费周折。他那时没有经验,不能立刻把一个是或非的问题组进一个句子里。作文的句子似乎可以分成两类,一类是含有是非问题的句子,还有一类是不含有是非问题的句子。论文的句子,正是那种含有是非问题的句子,这种句子是在表示一种判断,其中包含着真或假、对或错、赞成或反对。近年来虽然不大用是非法测验学生的程度,但是非法的测验题仍然是学生所熟悉的。如果告诉学生,"论文的句子,很像是非法的题目",学生一定可以触类旁通。

对,就这么办。

杨先生动手搜集了例句,先翻查初中语文教科书:

一、在初中语文教科书里,有哪些句子含有是非论断、形成赞成反对呢？且看:

多认识朋友,就等于多读好书。（林良:《父亲的信》,

初中语文第一册)

当我们关心周遭的人,生活的环境,社会的演进,这就是心智的跃升。(邵僩:《让关心萌芽》,初中语文第一册)

世界上的生物,没有比鸟更俊俏的。(梁实秋:《鸟》,初中语文第三册)

不要以愿望代替实际作为。在企图驾驭他人之前,先驾驭自己。(以上两条俱见麦克阿瑟《为子祈祷文》,初中语文第三册)

从有限的生命,发挥出无限的价值,使我们活得更为光彩有力,在于我们自己掌握。(杏林子:《生之歌》,初中语文第三册)

恶法应反对,良法亦得要。(潘公弼:《报纸的言论》,初中语文第五册)

人是为其他的人活着。(爱因斯坦:《我心目中的世界》,刘君灿译,初中语文第五册)

我确信"敬业乐群"四个字是人类生活的不二法门。(梁启超:《敬业与乐业》,初中语文第六册)

苦乐全在主观的心,不在客观的事。(梁启超:《敬业与乐业》,初中语文第六册)

二、在初中语文教科书里,又有哪些句子不作是非论断?

望望满园青翠鲜嫩的秧苗,每一片叶上沾满了细小的水珠。(吴晟:《不惊田水冷霜霜》。初中语文第一册)

盼望着,盼望着,东风来了,春天的脚步近了。(朱自清:《春》。初中语文第四册)

我化作萤火虫,以我的一生,为你点盏灯。(郑愁予:《小小的岛》。初中语文第四册)

五里外的小镇灯火,在松针稀疏处闪烁。(李潼:《瑞穗的静夜》。初中语文第四册)

在教科书之外,杨先生再找了一些句子,考问学生:

一、下面的句子含有是非问题吗?含有是非问题者注"+"号,不含是非问题者注"?"号。

中国是一个古老的国家。……………( )

人是万物之灵。……………………( )

氢二氧一合成水。…………………( )

罗马不是一天造成的。……………( )

教我如何不想他。…………………( )

人儿伴着孤灯,梆儿敲着三更。………( )

鸟儿希望它是一朵云,云儿希望它是一只鸟。…( )

华灯初上,行人涌至。………………( )

天啊！ ……………………………………（ ）

光阴是一分一秒累积起来的。 ……………（ ）

暖风熏得游人醉。 …………………………（ ）

镜也似的平湖，映着胭脂似的落照。 ……（ ）

门开了。 ……………………………………（ ）

天下事有难易乎？为之，则难者亦易矣。 …（ ）

燕子去了，有再来的时候。 ………………（ ）

我望着明月出神。 …………………………（ ）

他又教学生：

二、把下面不含是非问题的句子，改写成是非句：

我不知道他们给了我多少日子，可是，我的手渐渐空虚了。

天啊！

很多人不喜欢吃空心菜。

他今年考取了高中。

我看遍了川端桥的远影、近影、侧影。

他把这些句子印在纸上，发给学生。他先帮助学生辨认由教科书摘录的两组句子，再教学生就他的考题做练习。学生很有兴趣，有些人兴趣特别高，连第二组句子也改写了。自然，写

得并不全对,可是改对了的也不少。杨老师把众人改写的成绩分条编集,印了一张讲义:

(一)教我如何不想他。

1. 人永远不能忘记自己所爱的人。

2. 人不可忘记自己的恩人。

3. 受了别人的好处,一定要设法报答。

4. 受施慎勿忘。

5. 异性之间,有着神秘的吸引力。

(二)人儿伴着孤灯,梆儿敲着三更。

1. 更深人静的时候,适宜独思。

2. 失眠是一件痛苦的事。

3. 失恋的人内心是寂寞的。

4. 老年人需要有人陪伴。

(三)鸟儿希望它是一朵云,云儿希望它是一只鸟。

1. 凡人皆对现实感觉不满。

2. 幻想是不能实现的。

3. 意志不坚定的人见异思迁。

4. 幻想可以不受事实限制。

5. 欲望无止境。

6. 每人都认为别人所有的东西比自己所有的东西

更好。

（四）华灯初上,行人涌至。

1. 人们喜欢往热闹的地方去。

2. 黄昏时的都市才是繁华的。

3. 热闹的地方人多。

4. 人人容易迷恋繁华。

（五）天啊!

1. 傻子才呼天。

2. 天神有无比的威灵。

3. 天是公正的。

4. 人穷则呼天。

（六）门开了!

1. 敞开门窗可以使空气流通。

2. 不小心门户,容易招小偷。

（七）我望着明月出神。

1. 望月出神徒然浪费光阴。

2. 人在月光下时,情感特别丰富。

（八）我不知道他们给了我多少日子,可是我的手渐渐空虚了。

1. 谁也不能预知寿命有多长,只知道光阴越来越少。

2. 老人特别爱惜光阴。

3. 失去光阴的人才知道光阴可贵。

4. 时间的轮子是无情的。

5. 光阴愈无情,愈显出生命可贵。

(九)很多人不喜欢吃空心菜。

1. 人若没有真才实学,就不受社会欢迎。

2. 富人不肯吃价钱便宜的菜。

3. 空心菜没有营养价值。

4. 如果你天天吃空心菜,必定有一天绝不肯吃空心菜。

(十)他今年考取了高中。

1. 用功的学生有进步。

2. 有耕耘必有收获。

3. 成绩好,可以考进好学校。

(十一)我看遍了川端桥的远影、近影、侧影。

1. 川端桥是台北最美丽的桥。

2. 川端桥的长度比不上西螺大桥。

三

在发还作业的时候,杨老师问:

"刘保成,昨天晚上,你做了些什么事?"

"我去看电影。"

"那部电影好不好?"

"不好。"

"何以见得?"

刘保成一时答不出。杨老师把眼光投向另一角:

"赵华,你昨晚在家里做什么?"

"在家里洗衣服。"

"你用哪一种肥皂?"

"我用肥皂粉。"

"为什么用肥皂粉?有理由吗?"

赵华低头不答。杨老师又换了一个对象:

"金善葆!你听见吧,他们两个人,一个去看电影,一个在家里洗衣服。你有什么意见?晚上在家洗衣服好,还是出门看电影好?"

不等金善葆答复,学生都笑了。杨老师说:

"不要笑,我在教你们作论文。论文就是讲理由,就是下判断,就是表示意见。"

"有一天,外面有球队来我们球场上赛球,你们都围在四周看。我听见你们一面看,一面批评,说这个球员打得好,那个球员打得不好。这个球员故意撞人,太不道德;那个球员个子高,为什么不去控制篮下球……你们那一片唧唧喳喳的声音,就是讲理由,就是下判断,就是'论文'。"

"有一天,你们在大礼堂里看话剧,会场秩序很坏,因为很多人一面看戏,一面谈话。他们在谈什么呢?他们在说,某个角色为人真坏!某个角色穿的衣服不合身!某个演员的汉语根本发音不准!这些观众都要发表意见,所以秩序不易维持,换句话说,台下所以不安静,正由于台下'论文'太多。"

"你们,想把论文写好的人,要养成下判断、说理由的能力。判断不是随便下的,要理由。理由从哪里来?从经验、学问里面来。把事实记下来的是记叙文,因事实引起感情为感叹的是抒情文,由事实中抽绎出理由意见来的,就是论说文了。"

"昨天,我在茶馆里,看见两个中学生在抽烟,他们抽的是双喜烟,手指头都熏黄了,这是记叙。这样小小的年纪就抽烟,怎么得了啊!少年人,你们的父母知道你们在这儿吗?你们抽完了烟还要做什么事?真使人忧虑啊!这是抒情。少年人不应该抽烟。应该有一条法律禁止少年人抽烟。中学生抽烟,这是学校教育的失败。这就是论文了。"

"写论文是下判断。下判断的语气是'是非法'的语气。先记住这些吧!"

四

受了杨老师的鼓励,学生在写周记的时候,都纷纷在"感想"栏内写下"是非法"的句子来了!他们的意见也许不尽正确,但句型都对了:

> 社会风气造成"太保""太妹"。家庭、学校也有责任。
> 《红楼梦》是一部坏书。
> 学校应该彻底废止体罚。
> 男女合班上课不如分班上课。
> "语文背诵比赛"毫无意义。
> 一个人要想成功,一定得手脑并用。
> 李政道、杨振宁是天才。
> 道德是一切行为的标准,合乎道德的事,都是对的。
> 钢骨水泥的建筑,既美观,又坚固。
> 勤俭是一种美德,但不应矫枉过正而成吝啬。

学问固然重要,但是做人比求学问更重要。

义卖红十字应该由大学生负责,他们不用再准备升学。

有些学生,从别人的文章里找是非法的句子,抄下来:

坛口易封,人口难封。——俗谚

破家亡身,言语占了八分。——俗谚

忠言逆耳利于行,良药苦口利于病。——谚语

没有"侥幸",最偶然的意外都是事有必至的。——席勒

在宁静中回味的感情,就是诗。——华兹华斯

爱情是盲目的,爱人看不到他们所做的傻事。——莎士比亚

获得朋友的方法,是自己先做那人的朋友。——爱默生

文之为言,难工而可喜,易悦而自足。——欧阳修

吴强、龚玫,也都用是非法的句子,重写他们的思想:

在这世界上,最缺少温暖和同情心。

生理上有缺陷的人,到处受人欺侮。

一个弱者,更要努力上进,出人头地。

口吃是一种很小的缺点,不会妨碍前途。

人人都有缺点,只不过不一定是口吃罢了。

——以上吴强

升学考试是一场激烈的战争,你不能退缩。

不要紧张过度,以免疲倦、消瘦、记忆力减退。

在升学竞争中淘汰下来,只是一时的挫折。

成功的滋味虽然甜蜜,失败的滋味却异常难受。

世上无人像母亲那样宽容,她永远原谅你。

——以上龚玫

(以上两篇选自《讲理》,北京三联书店出版)

字

写作是把内在语言转为书面语言,"书面语言"是文字,是有组织的文字,是经过组织能够使作者表达心灵的文字。文字是一种媒介,对学习写作的人来说,它是一种工具,可以操练使用以发挥它的性能。

传统的教学方法是把字一个一个教给孩子,因此,人们有一印象,"字"即一个一个方块字。白话文兴起以后,大量使用复音词,给新出现的事物命名也都用两个或两个以上的字组成新词,于是人们又有一印象,"词"是单字加单字的成品。文法学者说,词是表示观念的单位,它可能是一个字,两个字,或两个以上的字。尽管如此,练习写作的人大都把"字"和"词"分别对待,字是单字,词是两个或两个以上的字。"僧推月下门"改成"僧敲月下门",推和敲都是动词,可是,据说这是"炼字","小桥流水人家"和"小桥流水平沙"才是用词不同。有人把写作课程分做用字、遣词、造句、分段、谋篇,越往后字数越多,足以看出这种意见之"深入人心"。

还有一个现象。我们现在的文学理论,受外来的影响很大,有些说法得放进外文的背景里去了解,我们现在谈文学,提到这个字那个字,其实在中文里面,那个字不是一个字,是两个字或三个字,(是一个复音词)。可是大家通常不说"这个词",仍说"这个字"。因为这个"词"是从外文翻译而来,它本来是"一个"外国字,只是中文译者用两个三个中国字来译它而已。"电视这个字","语言学这个字",这样的句子在报刊杂志上层出不穷,字和词的界限更不分明。

现在为了方便,把字词合并讨论,字和词的界限并不严格,是作家眼中的字词,而非文法教科书中的字词。写作,最基本的要求,是作者能识字用字。他当然不能认识所有的字,但是,他得认识他需用的字。现代作家用白话写作,用字比文言时代的作家少些,但他认识的字应该比他写作使用的字要多,因为他要阅读文言典籍。他用多少字?有几种统计资料可作答案,他或者需要六千字。从前有人自称"识字不多,用字不错",这话很自谦也很自负。中国字有四万多个,一个现代人能使用五六千字,诚然不多,但是,这五六千字可能组合出来的"词"却算不清楚。作家识字用字尽管有限,储存词汇可能无限,老词、新词,他还可以自己创一些词。在写作时供他役使的,并下是那有限的字,而是那几乎无限的词。

有人说拿破仑字典无难字,中文字典有好几个"难"字,难查难认难写……难查是实,难认难写未必。即使难查也得多查,即使难认难写也得多认多写。一个人,既然已经、或者准备用中文写作,他应该热爱汉语言,否则,何必对它投入那么多心血?对于中文,越难认越要认,越难写越要写,直到查出兴趣来,写出爱来,认出美来,更不肯罢手。中国话简直成了他的嗜好,中国文字简直成了他的情人,中国文学简直成了他的宗教。要有这几分痴迷、几分热狂、几分固执,"衣带渐宽终不悔",才做得成中国的作家。

现代作家不仅要"识字不多,用字不错"。还得"用字不多,字尽其用"。用字不多的意思是说无须像古文派作家找冷僻的字使用,字尽其用是说抓住中国文字的特性充分发挥。一种语文的优点及其可爱之处,多半要靠使用那语文的作家发掘、发扬,甚至创造。一个中国作家也必须能证明中文可爱,他的作品才为人所爱。有人嫌中国字的笔画不规则,那么读缠绵凄清的"天外一钩残月带三星"试试看。有人嫌中国字全是方块,那么读对仗工整的"鸡声茅店月,人迹板桥霜"试试看。有人嫌中国字是单音字,那么读铿锵高亢的"风急天高猿啸哀"试试看。从前的文学家已经充分证明中文可爱,并使全世界爱他们,而今轮到了现代作家。

一个字可以分成字义、字形、字音三部分。三者以字义最为重要,字形是教人看了知道是什么意思,字音是教人听了知道是什么意思。字义有"**本义**"和"**引申义**"。本义是这个字本来的意思,是刚刚造出来时的用法,后来用来用去,它的意思扩大了,用途更广了,于是产生了引申义。这好比向水中投入一枚石子,水中出现一圈圈的波纹,圆心是本义,那一层层圆周是引申义。"经"这个字的意思本是古时织布机上的直线(横线叫纬),织布时,横线来往穿梭,直线不动,因此引申出一个意思来,不常变动者为经,如经常。不变动的东西价值高,品质好,因此最高的最好的叫经,如《圣经》、经典。……许多字都是如此。

观察字词意义的引申是有趣的工作。前面提到"拿破仑字典无难字",拿破仑生前并未编过字典,身后也没有一部字典以他的名氏命名,在这句话里,"字典"要用它的引申义来解释。字典是什么?它是一本"书",是人们用字的总汇,对每个字的用法有可靠的说明。"拿破仑字典"就是拿破仑用过的字(第一次引申),也是拿破仑说过的话(第二次引申),一个人说话用字代表他的思想,拿破仑既然从没有说过写过"困难",也就表示他从未想到困难,从来不怕困难(第三次引申)。为什么不干脆说"拿破仑从来不怕困难"呢?因为这样说没有文采,平板无趣。

有文学效果的语句,多半爱用字词的引申义。"结婚是恋爱的坟墓",这个坟墓绝不是埋葬死人的地方。"爱情可以化陋室为宫殿",这个宫殿绝不是真正的白金汉宫或真正的明清故宫。"友谊是调味品,也是止痛剂",这个调味品决不是椒盐蒜粉,这个止痛剂也决不是阿司匹灵。"弱者你的名字是女人!"这句话使许多人大惑不解,"弱者"并非个别实体,如何有名字?"女人"并非专有名词,又如何做弱者的名字?这是只注重"名字"一词的本义,忘了它的意义可以引申。在这里,"名字"的意思指外表、外形、表面。弱者是女人的内容,女人是弱者的外形,也就是说天下女子皆是弱者!这是哈姆雷特的愤慨之言。他为什么不说"女人,你的名字是弱者"呢?名字是弱者未必就是弱者,"内容"是弱者才是真正的弱者。

　　写作的人早已发现,字形字音跟文学上的表达有密切关系,先说字形。"玉蜀黍在月光下露齿而笑",此处必须用"齿",不能用牙,因为"齿"这个字的形状可以使你觉得看见了一粒粒排列的玉米像骨骼刻成,于是有恐怖的效果。白天可以鸟叫,夜半只宜"乌"啼,"乌"比"鸟"少一短横,那一短横恰是它的眼睛,夜是黑的,乌也是黑的,怎能看得见它的黑眼珠?这样,更使读者觉得面对茫茫的、深沉的夜。描写大的乌龟,我赞成写"鼍",描写小小的金钱龟,我赞成写"龟"。大户人家灯火辉煌,我赞成写"燈",若是"人儿伴着孤灯",我赞成写"灯"。"泪珠儿点点滴滴湿透了罗衫",这句话看似平常却予人印象甚深,你看句子里有多少三点水和四点水!那都是黛玉的眼泪!

我在电视公司工作的那一年,发现电视剧的编导对剧中人物的姓名十分讲究。务使字的形象和人的形象相得益彰。如果他是个瘦皮猴,怎能让他姓关(关,繁体字写作"關",编者注)?如果她是个肥婆,怎能让她姓卜?有一段时间,电视剧里的坏人都姓刁,"刁"这个字的形状尖尖棱棱,难亲难近,最后一笔更是倒行逆施,刀尖向内,我们望形生义,颇符剧情。可是刁府中人来信抗议,指出姓刁的也有很多忠信芳草,不得歧视。于是到了下一部戏,坏人姓巫,"巫"这个字的形状像一张脸,两颊有阴沉的纹,老谋深算,喜怒难测。戏未演完,巫府的抗议信又来了,下一部戏只好打开百家姓仔细琢磨。

再谈字音。有些字音能强化字义,而不同的字音能引起不同的情绪。作家为"表达"而用字,当然第一要考虑的是字义,但在许多可用的字中,倘若有些字的字音也能陪衬烘托,锦上添花,岂不也是一项选择的标准?每读"沉重"二字,总觉得比读"轻松"多费力气,"紧张"似乎又比"轻松"要多动员几十根肌肉。"呼"的字音像吐气,"吸"的字音像吸气。"江"是大水,读来声大,"溪"则声小。"长"之音长,"短"之音短,而"断"的声音亦戛然而断。"马马虎虎"究竟是哪四个字,颇有争论,也许无论那四个字都可以,这个成语的创设,也许就是用模糊不清的声音来表示休认真和难分明。"吊儿郎当"是这四个字吗?它是怎么来的?这四个音在一起轻松而不成节奏,人们是要用这一组音节来表示没有纪律没有责任感的态度吗?

多年前我曾鼓吹诉诸听觉的文学。我们研究诗歌、戏剧、演说、谚语、民谣小调,发现前代作家对字音巧为运用,现代作家亦有所继承发扬。"渔阳鼙鼓动地来",其中最生动最动人的,是那个"动"字,它的声音颇像战鼓,令人惊心动魄。现代作家有人描写锣声,说那面锣响得坦坦荡荡,"坦坦荡荡"的音和义都恰如其锣。"客有吹洞箫者,倚歌而和之,其声呜呜然,如怨如慕,如泣如诉,余音袅袅,不绝如缕。"这段描写尽量避免声音响亮的字,以免破坏了月夜听箫的情调,这段描写又用了许多"wu"韵的字,使字里行间与箫声共鸣。到了现代,一位诗人咏叹广场、夕阳、废炮、鹁鸪,焦点在鹁鸪,用字也多选"wu"韵,读来处处有咕咕鸽语。

有一部小说,以中国对日抗战时期的华北农村为背景,其中有一个人物突然卷进疑案,死了。小说描写这件事给当地社会造成的震荡,给死者家属带来的压力,在提到死者的子女时,有一句话是"他们是遗孽、还是遗烈?"这句话在小说中有很强的效果,它的精妙之处,即在"孽"和"烈"是叠韵,两字的韵母相同,读音虽然相近,而意义又完全相反,特别能表现出事态的暧昧和微妙,也有"失之毫厘、差之千里"的危机感。俗谚有"上台一条龙,下台一条虫"的说法,"龙"和"虫"叠韵,听来差别很小,想一想差别很大,而两字同韵,顺流急下,也表现了"转眼成空"的事态。如果换成"上台一块金,下台一块铜",就不能有同样的效果。

作家用字,除了考虑到字形字音,还考虑到某些字的历史文化色彩。像"梅"这个字,在中国人眼里决不仅仅是"蔷薇科落叶乔木,花瓣五片,叶卵形而尖,边沿有锯齿"而已。它还是"岁寒三友"之一,春神的第一位使者,林和靖精神上的妻子,以及许多美女的姓名。它还是许多大诗人大画家的作品,里面藏着美丽的想象和高洁的人格。这些条件使一个中国读者看到"梅"这个字有丰富的反应,这些反应,是一般英国人美国人看见英文里的梅字所没有的。这是历史文化赋予"梅"这个字的特殊魅力。有人说梅兰芳诚然是大艺术家,不过他有幸姓梅,这个字帮了他的忙。这话有些道理。

谈到历史文化色彩,我们可以谈一谈"关"字。这个字使人想起关云长,关云长是何等人物,我们心中有鲜明的形象。有一位小说家创造了一个义薄云天的江湖好汉,让他姓关。这使他笔下的人物特别得到读者的敬爱。人们都自觉或不自觉地对姓关的姓岳的姓孔的人物有所期待。当年清朝有人写信给大将岳钟麒,劝他反清,理由之一是,岳钟麒的祖先是立志直捣黄龙的岳飞。抗战期间,日本人劝一个姓岳的出来担任伪识,这位岳先生当场拒绝,并且在自己手里写了一个"岳"字给那个日本军官看。那日本人居然点头放过他,这也是历史文化赋予"岳"字的魅力。文学作家是用文字去感染、影响、征服读者的专才,他要充分发挥文字的性能,因此,他用字遣词要连文字的这一部分潜能放射出来。

现代中国读者对西洋的历史文化颇有了解,因此,"云雀""橄榄""罗马"在他们眼中也放出异彩。"星空非常希腊",把希腊一词放在中文的背景里看,这句话有些古怪,但是,放在西洋文学背景里看呢?那些星座,那些天神都出来支持这句诗,其中意象瑰丽而诡奇。至于说诗人在中国看星,为什么要扯上另一遥远的空间,那么不住在长安的也看过长安月,不住在弱水旁边的人也饮过一瓢弱水,这仍是文化背景迎拒的问题。

好了,让我们回顾前面说过的话,问题很简单也很不简单,作家用字要善用本义,(这是理所当然,我没有多说。)要善用引申义,要善用字形来帮助表达,善用字音来帮助表达,要善用某些字的历史文化色彩来加强表现效果。

句

在一套有组织的文字里,句子可能占重要地位。一个完整的句子表达完整的意义。这意义,是那个叫作品的建筑物之一草一木,一砖一石。靠句子与句子的联结与辉映,作者得以实现他的心志。字和词在进入句子以后,立刻发挥作用,尽其所能。"春风又绿江南岸",若不是前有"春风又",后有"江南岸",那个"绿"字有什么值得赞美?"红杏枝头春意闹",那个"闹"字若非纳入"红杏枝头春意"的序列充当殿军,又有什么"意境全出"?

文学贵创新,有人想到创造新字。人有造字的权力,中国字能从《说文》的几千个字到《中华大字典》的几万个字,即是许多人创造增添的结果。然而当代作家自创几个别人不认识的字,对提高作品的素质并无多大帮助。有人想到用"旧字"创造"新词",这条路比较宽些。现代新事物新观念层出不穷,需要增加新的词汇,作家、翻译家、科学家、立法专家都参加了"制词"的工作。新词多,能进入生活者少,因之,能进入文学的也少。新词先进入生活而后进入文学。"分子"接近"份子","份子"进入生活。"原子"有原子笔、原子弹,而原子弹可作比喻用,于是也进入文学。"质子""中子"到现在置身文学之外。"天王星"幸而有电影,"扫描"幸而有电视。

有些文学家想到"新句"。新句又分两种:一种是句法新,一种是意思新。先说句法之新,这是形式上的改造或创造。"红了樱桃,绿了芭蕉",似为"樱桃红了,芭蕉绿了"之变。"中天明月好谁看"似为"谁看中天好明月"之变。"香稻啄余鹦鹉粒"似为"鹦鹉啄余香稻粒"之变。"胸中有多少泪珠儿,怎禁得秋流到冬,春流到夏"?末句似为"春流到夏,秋流到冬"之变。变造后的句子都令人耳目一新。由于形式内容密不可分,实二而一,句变往往带来义变,"中天明月好谁看"意味着"中天明月虽好,可是谁来看呢?"与"谁看中天好明月"不同。一年四季以春为岁首,以冬为岁暮,"秋流到冬,春流到夏"跨两个年头,有周而复始、无尽无休之意,和"春流到夏、秋流到冬"之有始有终不同。意思虽变,到底许多前人都曾说过,这些新句,新在形式。

"时间过?不。时间留,我们走"。这是意思新,内容新。"我无意与山比高,山不过是脱离社会的一堆土。"这个意思也新。"落霞与孤鹜齐飞,秋水共长天一色",专家说,在这名句出现以前,同型的句子有过很多,大家陈陈相因。仔细看专家考虑罗列的句子,因袭者只是形式,论情论景,仍以落霞秋水为胜,名句终非虚誉。形容美女之美,说"瀑布见了为之不流",很奇俏。这句话是不是"闭月羞花、沉鱼落雁"的进一步夸张呢?未必是。美女出现,瀑布一定仍然在流,但是在瀑布附近惊艳的人为那绝世的美所震慑,对美女以外的现象失去反应能力,在那一刹那间,在他主观的世界里,瀑布下复存在。如果他说,"我不知道瀑布是否依然在流",也许比较容易为人接受。由"闭月羞花"想到"花容月貌",花容月貌是旧小说的滥套,但是,"她那天晚上过分刻意修饰,化妆品用得太多,真是花容月貌,一张脸没个人样子"。这就把我们的思路导引到新的方向:桃花一般的人面,人面一般的桃花,都是可怕的怪异!尤其在灯前月下,那简直出现了人妖或花妖。

我们在下笔写作时,可能写出:内容陈旧形式也陈旧的句子,内容陈旧形式新颖的句子,内容新颖而形式陈旧的句子,以及内容和形式都新的句子。写第一种句子自然是不得已,但是无法避免。我们追求、向往第四种句,然而何可多得!一般而言,作家在"内容旧而形式新"和"形式旧而内容新"两种句子之间奋斗,而且,有时因为内容旧,必须经营新的形式以资救济,有时因为内容新,姑且沿用旧的形式略作喘息。更有进者,新和旧多半是相对的,所谓新,有时只是被人沿用的次数较少。在文学的世界里,"新"又是不易独占的,文学创作发展的"法则"是少数人创造,多数人模仿。"转益多师是吾师",你模仿过人家;"透支五百年新意",恐怕"不到百年又觉陈",哪里需要一千年?那是因为有许多人模仿了你。

新文学运动原以文言为革命对象,它的传统之一是排斥文言。文言的传统之一是求简,有时浓缩紧密成为两个读书人之间的暗码。相形之下,挣脱文言之后的新文体清浅平实,疏朗自然。"许家的丫头多得是,谁有金鲤鱼这么吃香?她原是个叫鲤鱼的,因为受宠,就有那多事的人给加上一个'金'字,从此就金鲤鱼金鲤鱼地叫顺了口。"这段话多么透明、多么潇洒!"姨妈把毛衣交给我,看看还是崭新的。这些年来,倒是我自己把它穿旧了。我没有了母亲,只保留这件纪念品,以后每年冬天,我总穿着它,母亲的爱,好像仍旧围绕着我。"这段话多么亲切、多么生活化!写这样的白话文要才情也要功力,有人以为这样的文章人人能写,那也只是以为。难怪新文学运动提倡这种文体,它确有许多优点。

新文学使用语言,本有"标准化"的倾向,但中国地大人多,交通不便,各地语言自成格局,各有独特的词汇、谚语、歇后语。这些都可以成为作家的筹码、财宝、武器,新文学既以"活语言"为标榜,理应进一步依赖大众的口语。排斥文言所造成的损失,也许能从方言弥补。加以作家也难免偏爱自己的家乡话,于是四川的作家写"耗子",东北的作家写"胡子",广东的作家写"打工",台湾的作家写"牵手",大家看了,也很喜欢。"鸡蛋碰石头"固然是好句,"生铁碰钢蛋"也不坏。"丑媳妇终须见公婆"甚婉,"是骡子是马你拉出来遛遛"却甚豪。黄河边上卖清水,气死黄河;长江边上却饿死了卖水的,两种假设,各有妙处。说到竹笋:"这叫笋仔,竹的囝仔,常给大人掘出、剥皮,一片片切下,煮熟,吃了!"你看,这话连用了三个带"子"的字,其中又有两个是"人"字旁,立刻把竹笋人化了,读了,真以为吃笋是残忍的事情,无异把胎儿装进蒸笼。

白话文学以"话"为底本,而"话"本来是说给旁人听的,因此:一、它的句子短,以便一口气说出一口话来;二、句子的内容简单,听来容易明白。"蝇营狗苟"中看不中听,因为单音词和同音字太密集;"像是见缝就钻的苍蝇和见了骨头就啃的狗一样",又中听不中"说",因为句子太长,需要中途换气。"像苍蝇,见缝就钻;像狗,见了骨头就啃。"这样才听、说两便,句子短,每句只有一个很简单的意思。可是新文学运动兴起以后,外国的文学作品纷纷译成中文,译书的人对外国语文那样又长又复杂的句子不知怎么有好感,大量照译,有些作家读了那些书,不知怎么也对那么长的句子有好感,刻意仿制,于是文学的语言大起变化,出现"在银行放款部当经理的是跟她离了婚的丈夫","年轻而放荡的我和老年而拘谨的他居然在宗教问题上意见一致"。当时管领风骚的名家才人,居然写出"它那脱尽尘埃的一种清澈透逸的意境超出了图画而化生了音乐的神味"。还有"那些自骗自地相信不曾把他们自己的人格混到著作里去的人们,正是被那最谬误的幻见所欺的受害者"。于是有人大叫:"中国的语言哪里去了?这怎么得了?"

翻译家也有很大的功劳。读翻译的作品,中国读者知道形容一个人一口气喝下大碗水,不但可以用"牛饮",也可以用"鱼饮"。知道我们眼中的"银河",在人家眼中是"牛奶路"。人可以"埋葬"在沙发里,新人进了房并不是婚姻成功,夫妻感情美满才是"成功"。一个人的社会关系原来是他的"篱笆",可以保护他,也给他一块"地盘",一块用武之地。作家需要新意象、新词汇、新角度,在翻译的作品里可以找到很多。作家需要新句法,被动、倒装,把假设或让步的句子放在后面,都值得兼收并蓄。"不久的将来","最大的可能","百分之九十的把握","可怕的经验",不是有很多人在这样说、在这样写了吗?"一过米苏里河,内布拉斯卡便摊开它全部的浩瀚,向你。坦坦荡荡的大平原。""中西部的秋季,是一场弥月不熄的野火,从浅黄到血红到暗赭到郁沉沉的浓栗,从爱奥华一直烧到俄亥俄,夜以继日日以继夜地维持好几十郡的灿烂。"诗人能写出这样的好句,也许正因为他同时是一位译家。

文艺的世界里有一个现象:如果有一个人说"东",往往就有另一个人说"西",是东是西,要拿出作品来。那个说东的人尽量往东走,最后又向西退回一段路;那个说西的人尽量往西走,最后也向东退回一截。西仍是西,东仍是东,只是东中有了西,西中也有了东。我们的文学语言有过标准与方言之争,本位与欧化之争,论战并未终结,综合的文体已现。文言与白话之争也是如此。"一清见底"的白话是一种可爱的风格,但应不是新文学唯一的风格。早期领导白话文学的人对文言深恶痛绝,他们的作品里如果也有文言的成分,那是因为白话文学尚未成熟,得心不能应手;可是他们的追随者认为文言并没有那么坏,可以作白话文学的养料,他们故意吸收文言加以运用来表示白话文学已经成熟。

文言求精简,因精简而一句之中意思拥挤稠密,有伤明晰,但若把文言巧妙地融入白话之中,即可增加白话文的密度。白话求清浅,因清浅而可能单薄松散,若使白话吸收文言灵活使用,可以增加句子的弹性和节奏变化。一位散文家写他看自己的照片簿,他认为人的生气、机智、热爱、嫉妒全不能靠一般照片表达出来。他说:"这本簿子是一个木偶世界,即使从呱呱坠地到气息奄奄,每年的照片全有,也不能构成一个动作。"呱呱坠地和气息奄奄是文言成语,有了这两个成语,可以把生和死的情景在一句话内说完,这句话不致拖得很长,也不至于难懂。而且读来也顺口。这句话"一句说完"的好处是,轻舟直下,一笔扫过,避免冗长的"过场"。更妙的是生命由"呱呱"开始,而"呱呱"是成语的前两个字;生命到"奄奄"告终,而"奄奄"是成语的末两个字,两个成语恰在此处连用,说尽人的一辈子。

说到句子的节奏,可以看另一个例子:"怀乡人最畏明月夜,何况长途犹长,归途的终点也不能算家。"节奏由长短轻重快慢构成,"怀乡人"三字要连着读,"明月夜"三字也要连着读,短而且快。中间"畏"字较重,略略一顿,这个字的声音很容易过入"明"字,虽顿而不至于断,比"怕"字合适。下面"只途犹长"四字连读,干净利落,与上句相接,节奏不滞不乱,此所心用"犹"不用"还"。"归途的终点也不能算家",这一句要长,长一些才收得住,才可以把前面两句托住。由于句长,这句的最后五个字"也不能算家"是清浅纯净的白话了,长音袅袅,余音也袅袅,这时读者以较多的时间承受较轻的压力,得以回味全三句的变化与统一,伸缩与开阖。

白话文学所以重拾文言还有一个原因:真正的大白话词汇有限,尤其对古典、高贵、庄严的情景气氛拙于表达。白话文学的先驱者,有人会主张连"古典、高贵、庄严"的内容一并革除,但是，后继者认为，文学表现人生，"古典、高贵、庄严"也是人生的样相，白话文学要接受它的挑战。我们谈过字词的历史文化色彩，容我补充，"仕女"绝不等于女人，而是有很高的教养和很高的生活水准的女人。"遗体"绝不等于尸首，而是我们所敬所爱的人的尸首。"喟然"绝不只是叹气的声音，而是伟大的人长叹。在这些地方，文言仍被借重，文言仍是有其价值与生命。

白话文学揭竿而起，推倒文言，夺得正统，在基础稳固之后再将文言收归己用。此外，"欧化"和方言也都奔流归海，共襄盛举。作者，由于各人的才情、气性、素养不同，有人偏爱欧化，有人偏爱方言，有人偏爱文言，有人三者都要，细大不捐。如调鸡尾酒，各人握有自己的配方，形成自己的风格。学习写作的人正好多看，看人家怎么做，看谁做得好。只要作出好作品来，怎么作都对。但求尽其在我，不必强人同己。这时，我们发现，白话文学写出来的"话"，与一般人在日常生活中相互沟通联系的语言确乎不同，它堪当大用，能承担多方面的任务。它"延长"了很多，但它仍然不是文言，不是土话，更不是外国话。十指连心，十子也连心，它和母体仍然息息相关，遥遥相应。如同孩子，离开母亲身边，转一个大圈子，再回来；可是，还要再走出去；可是，并非一去不返。

(以上两篇选自《文学种子》，北京三联书店出版)

炼　字

爸爸有个朋友,是一位作家,上一期《印度洋半月刊》上有一篇小说,就是他写的,您看过那篇小说没有?

我没有仔细看,《印度洋半月刊》每期只登一篇小说,我记得他们上期选用的小说比较长,只登出来上半篇,注明下期续完,可是这一期不知怎么,下半篇没见登出来。

我爸爸在批评那位作家呢,他说反正是白话文嘛,人家改几个字有什么关系?人家改了你的文章,你就不肯再让人家登下去了,那来那么大的脾气?

原来是这个样子的啊,这位作家倒是对自己的作品很认真、很执着,他这半篇小说我倒要仔细看看。

你赞成不赞成编辑改他的文章?

这个问题很难回答,老实说,修改人家的文章是一件吃力不讨好的事情。在作家笔下,文字是敏感的,常常牵一发而动全身。杜甫有一句诗:"林花着雨胭脂■",最后一个字被虫子吃掉了,下知道究竟是个什么字,有人猜是林花着雨胭脂"点",有人猜是林花着雨胭脂"染",有人猜是林花着雨胭脂"落",后来有人找到更早的版本,发现杜甫原来写的是"林花着雨胭脂

'湿'"。

"胭脂湿"好在什么地方?

"胭脂湿"不一定比"胭脂落"好,但是,胭脂落,花瓣落到地上来了,胭脂湿,花并没有落,这是两种不同的意象。

胭脂点和胭脂染呢?

这恐怕是两种不同的花,花瓣的大小不同,颜色的深浅也不同,当然,都是红花。还有一个可能,"胭脂点"是诗人近距离看花,树上的花一朵一朵分开的,好像用画笔点出来的一样,"胭脂染"是诗人远距离看花,一树红花或是满林红花像一片水彩。

一个字有这么大的关系!

所以古人有所谓"一字师"。

文言文十分精练,才有这么大的讲究,白话文难道也"悬之国门不能易一字"吗?

白话文比较平易一些,也可能比较松散一些,"一字师"的故事比较少,不过白话文学也讲究推敲,有时候也得炼字。《作文七巧》后面有十组习题,第二组题目跟炼字有点关系,不知道你做过没有?

倒是没有认真。

现在我们不妨认真练习一下。第一道题目:树林里的小径密叶■天,像一条隧道。候选的字有四个,密叶遮天呢,密叶盖天呢,密叶连天呢,还是密叶满天?

好像都可以嘛。

马马虎虎一看,都可以,如果"敏感"一些,就有取舍。树林里的小径像一条隧道,为什么像隧道呢,因为头顶上有树枝树叶,两侧有树干,"树叶连天"显然是不对的,你得站在林外才有"连天"的感觉,上一句"独上江楼思悄然",下一句才是"月光如水水连天",如果坐在潜水艇里,还能"连天"吗?

那么"密叶满天"也不行。(为什么不行?)我说不出原因来。

因为你在森林小径上没有宽阔的视野,你可以说繁星满天、密云满天?你看星看云的时候附近没有东西挡住你的视线。

我知道了,答案一定是密云遮天,不是密云盖天,遮天是挡在人和天的中间,要说是盖天,岂不是把天盖到底下来了?

再看第二题:月亮躲在云里做什么?睡觉?化妆?偷看?打坐?

我想不会是"月亮躲在云里睡觉",因为下文是"迟迟不肯出来",倘若睡觉,就不是肯不肯出来,而是能不能出来了。

对!窍门儿就在这里,依你看,会不会是"打坐"呢?(我还不能马上决定。)我提醒一下,睡觉、化妆、打坐、偷看,都是比喻,你现在是替月亮选一个比喻。

我选"化妆",我看见月亮就联想到人的脸,不会联想到人的身体。

我赞成你选"化妆",每逢云开月现的时候,我们会觉得月亮特别皎洁,就像是在云里面刚刚洗过脸搽过粉一样。我再提醒一句,如果云层很稀薄呢?如果是"月笼纱"呢?你也可以选"偷看",我们隐约可以看见月亮,月亮也就好像闪闪躲躲地看我们。

第三题最容易,夕阳的斜晖"洒"在草坪上,不会错,很多作家都是这么写的。

他们为什么喜欢用"洒"?(不知道。)什么是洒?(洒水。)洒是抛出去,散开了,星星点点落在地上。夕阳的光线是斜着射过来的,所以叫"斜晖",斜晖射在草地上,比较高的草上有阳光,比较低的草上没有,一眼望去,阳光星星点点分布在草上,这个"洒"字不是随便用的。

其余三个候选的字,照、射、扫,还有用处没有?

有时候,斜晖被高楼挡住了,被树林挡住了,只有窄窄长长的一"带"、一"抹",像是用一把大扫帚刷上去的一样,那当然可以用"扫"。

"射"字好像太平常。

"照"字也是,除非说"返照"。

第四题,热气腾腾的晚餐端上来,是一家人最饥饿的时候呢,是一家人最高兴的时候呢,是一家人最温暖的时候呢,还是最安静的时候?对于这个题目,我的同学们讨论过,好像四个答案都可以入选。

如果大家忙了一天,早饭午饭都没吃好,现在,丰盛的晚餐端出来了,——

那是大家最饥饿的时候。

如果全家人都爱吃妈妈做的清炖牛肉,妈妈每星期做一次,多半是在星期天全家团聚的时候,星期天,哥哥姐姐回家来了,清炖牛肉也做好了,那就是——

全家人最高兴的时候。

题目没有前文,没有背景介绍,好像选哪个答案都可以,不过题目是说热气腾腾的晚餐端上来。有了"热气腾腾"四个字,我们就可以顺理成章,说这是一家人最温暖的时候,"温暖"有双关的意义,热饭热菜使人觉得温暖,亲情也使人觉得温暖。

所以说是"最"温暖。

敏感的读者,可以从"热气腾腾"得到暗示,知道应该选"温暖"。下一个题目里头也有暗示,你找找看。

第五题:为了准备联考,整天躲在房里读西洋史地,偶然到阳台上收衣服,抬眼望见大屯山,竟是十分矮小?十分陌生?十分遥远?十分美丽?

你看哪个词合适?

我再念一遍题目:为了准备联考,整天躲在房里读西洋史地,偶然到阳台上收衣服,抬眼望见大屯山。这里有联考,西洋史地,阳台,收衣服,哪一句能对大屯山产生暗示呢?我看只有西洋史地。

不错。你选哪一个答案呢?

我选"美丽"。(为什么?)大屯山是我们自己的河山,西洋史地讲来讲去都是人家的名山大川,虽说瑞士山水甲天下,河山还是自己的好。

你这个答案很爱国,不能说你不对,不过大屯山是一座很平淡的小山,你得有很长的前文,才能够说服读者,感染读者,使读者觉得它比阿尔卑斯山还好,现在并没有前文。在这首题目里面,"西洋史地"是个关键,倒教你一下子找着了。我提醒一下,读唐诗读得入了迷,会觉得咸阳长安都是熟地方,读希腊神话入了迷,会觉得雅典是个熟地方。

读西洋史地入了迷,会觉得阿尔卑斯山是个熟地方,反过来,大屯山反而陌生了?这妥当吗?

我们最熟悉的当然还是自己的家山,说大屯山陌生,只是那片刻的感觉,为了形容联考的压力,你可以选"陌生"。

我就选"陌生"吧,说真的,联考考得我昏天黑地,我几乎连爸爸妈妈都不认得了。

形容联考的压力,你可以写大屯山"陌生",发抒爱国怀乡的情怀,你可以写大屯山"美丽",如果你躲在房里读的不是西洋史地,是探险家攀登喜马拉雅山最高峰的报导,你当然可以觉得大屯山"矮小"。文章写的是眼前景加上心中情,心情不同,物景跟着起了变化。个中消息,请你参看第三组习题。

第三组习题是十个比喻,被喻之物都是湖,十个比喻却不相同。湖是地上的一块天,湖是晚霞的镜子,湖是一个险恶的陷阱,湖是一张水彩画,湖是一只焦急的眼,湖是大地的疮疤,湖是星星的摄影机,湖是山的一杯饮料,湖是青蛙的海,湖是风的运动场。

你来看,人在什么心情之下会觉得湖中就是天上呢?

当然是晴天游湖,美景良辰喽。

什么样的心情才觉得湖是晚霞的镜子呢?

心平气和,能领略自然美的时候。

湖怎么又变成陷阱了呢?

大概这个人被坏人陷害,刚刚吃过大亏。

湖怎么又变成大地的疮疤了呢?

书里头说了:心情坏透了的时候,看什么都不顺眼,有时候简直以为云是天上的垃圾。下面正好接上:湖是大地的疮疤。

湖是一张水彩画。

那是因为我想画画儿。

湖是星星的摄影机。

那是因为我喜欢照相。

湖是山的一杯饮料。

那是因为我想喝汽水。

如果你写游记,写你高高兴兴地在日月潭划船,写你心满意足地登上了光华岛,你忽然来一句:这个小岛是潭心的一个疮疤,合适吗?

绝对不合适。

倒也不敢说是"绝对",我觉得不合适,你也觉得不合适,但是可能有人喜欢这么写,而且他可能是个有名的作家。

这就怪了。这样写能成为名家?

并不是这样写写成了名家,而是成了名家的人可能这样写,名家要创新,要突破,反对固定反应。

反对固定反应? 什么意思?

比方说,中国文人多半拿竹比君子,中国人一看见竹子想起君子来,这叫"固定反应"。有个诗人偏要跟这个"固定反应"作对,他偏偏说竹代表小人,你看竹子,独自一个没法子顶天立地站起来,总要狐群狗党挤在一起,稍稍受到一点压力就低头弯腰,不是小人吗?

低头弯腰的植物很多,何必跟竹子过不去呢?

这就是所谓创新、突破啊。

我也可以这样做吗?

我劝你等一等,以后再说。你现在不是读中学吗?中学的作文课应该是比较保守的。在你的作文簿里面,看见了落花仍然应该很惋惜,很惆怅,只要不像林黛玉那样哭泣就好。如果你写的是,花谢了,你很舒服,很轻松,老师会怎样"反应"?

难道真有人见了落花心里很舒服吗?

有位名家这样写过,他说花谢了,花季结束了,花走完了它的旅程,我也可以放心了。

这是怎么一回事,我不懂。

谈作文谈到你不懂,就不能再谈了,告一段落吧。

读 诗

练习写作,都说要多读多写。我该读些什么书?

你想要我开书单吗,这件事我帮不上忙。

书总是一本一本分开读的,你就先介绍一本书好不好?

我介绍一"种"书吧,我劝你常常读诗。

我喜欢写散文。

孔子曰,不学诗,无以写散文。

孔子说过这句话吗?

当然没有。

诗,我也常看。诗,好像随处都有,时时可以看见。(它的形式也特别醒目。)诗,通常却很短,一下子就看完了,不需要特别准备。(你读一句,有一句的收获;读一首,有一首的收获;读一本,有一本的收获。你早晨看报,一目十行,副刊上有诗,你只匆匆地瞄了一眼,说不定这一眼就是个丰收。这是别的体裁不能给你的。)诗到底对散文有什么帮助?

读诗不但对写散文有帮助,对写什么都有帮助。如果你晚上要写信,先读几首诗再写,说不定你写出来的信就会多些情味。如果你早上要办公文,先读几首诗再办,说不定你办出来的公文特别流畅自然。

有这样的事！这是为什么呢？

作文先要有"文心"。不管你是写散文，写小说，写剧本，文心都是根本。可是我们这颗心不能天天时时都是文心。(除了文心，还有什么心？)心还是那颗心，只是有时候心乱，有时候心死，有时候心浮。心乱就对文学不忠实，自己敷衍自己，文章写不出；或者写得很潦草。心死就丧失了写作所必需的那种敏感，文章写不出，或者写得很勉强。心浮就进不到人生和自然里头去，也就不能从人生和自然里出来，写出来的文章很庸俗。

心乱和心浮，都是我常有的感觉，潦草和勉强，也都是常犯的毛病，只有"庸俗"，老师还没有这样批过。难道诗可以治这些毛病吗？

当然。(为什么呢？)诗由十足的文心里出来，我们常常到诗里头去镀个金，受个浸，充个电，让我们的心不那么乱，不那么浮，也不那么死。好比我们的手表，每隔一些时候总要跟标准时校正一下。

诗也有诸子百家，先读谁呢？

标准答案当然是读古典级的大家，坦白地说，像"近乡情更怯，不敢问来人"这样的句子，我到四十岁才懂；"旧时王谢堂前燕，飞入寻常百姓家"，我到五十岁才懂；"结庐在人境，而无车马喧",我六十岁才懂。能在我年轻的时候帮助我的,不是陶谢李杜韩白,是袁子才、吴梅村、黄仲则这些人。

我也该先读吴梅村、黄仲则吗?

不,我不敢那样主张。从前,我的老师曾经禁止我读他们。可是我在二十岁以前总是觉得他们亲切。现在你问我,我仍然劝你读李杜韩白诸大家,如果读不进去,再退而求其次吧。

怎么有人说年轻人别读旧诗,旧诗里的人生观是不健康的呢?

我劝你现在不要读词。词,除了《大江东去》等少数作品以外,教人越读越消沉。诗,并没有这般严重。旧时诗人,动不动伤老,伤贫,伤不遇,未尝不可以当作反面教材。他伤老,我们想到惜阴,他伤贫,我们想到理财,他伤不遇,我们想到"创造环境,把握机会"。你若读诗,我相信你有这消化的能力,读词,就不敢说了。

我读过一些旧诗,不管谁的诗,总有些句子我很喜欢,很受感动。你刚才说"读一句有一句的收获",我现在读一句算一句,行不行?

我赞成,我也有过"读一句算一句"的经验,这一句,有时候对我们很有益处。记得我第一次读到"羲和敲日玻璃声"的时候,马上着了迷,整首诗都忘了,只记得这一句。

羲和好像是神话里的人物?

传说他是太阳神的御者,也有人说他是太阳的父亲。但是诗人笔下的太阳和义和另有崭新的关系。"羲和敲日玻璃声",诗人的想象多么丰富,多么大胆!英国有一家电影公司,产量不大,产品很精致,他们每一部影片前面的固定片头,就是一个肌肉发达的男子挥起长槌敲响一面大锣,我每次看见这个画面,就想起羲和敲日,有一次,我做了一个梦,梦见用机关枪扫射太阳,叮叮当当漫天都是锣响。

欲上青天揽明月,我也作过登陆月球的梦,一旦身临其境,月亮就不好看了。

欲上青天揽明月不一定登陆月球。如果中秋赏月,天公偏不作美,你有没有想过飞到云层上面去看月亮呢?(没有。)从现在起,你可以这样想。

记得有一次经过一家装裱店,他们正在裱一副对联,下联是"秋空一蝶下寻花",我一看,登时傻了,上联是什么也忘了问。你说"秋空一蝶下寻花"好不好?

很好,秋阳之下,偶然有只蝴蝶在飞,我也见过,当时的感觉是这只蝴蝶也活不长了,从没想到它寻花,有了"下寻花"的三个字,平凡的情景立刻很壮烈。无论诗或散文,这都是高境界。

还有一句诗,"远山一发见人形",我一方面觉得很喜欢,一方面也觉得很难懂。既然远山一发,距离当然很远,怎么能见到人形?

这首诗是写日景还是夜景?

夜景。

既是夜景,解释不难,这时山在天幕之下只有一个轮廓,仿佛是个"人"字。

原来是这个意思! 那就平淡无奇。

又不尽然。你看这里有一根头发,它有起伏,但是并不耸起。"青山一发"通常是形容一列长长的远山,"青山一发"和"见人形"通常不连在一起,如今联在一起,应该另有内涵。

还能有什么别解不成?

我不敢确定。这句诗中的意念如果到散文家手中,也许是真的把山当作一个饱经沧桑的巨人,石涛画出来的山就给我们这样的感受。天地苍茫,万籁俱寂,这个赫赫巨灵犹背天而立——或者面天而坐——颇有神话意味。也许散文家的灵感是由山的人形线条想象到山中居民,山中居民受地理环境限制,生活特别劳苦,那些人坚忍的表情和劳动的姿势,一时俱在眼前。不管这句诗应该怎么诠诂,你受到它的启发,可以有自己的想法。你的想法不需要注释家认可,你是找写散文的材料。

诗人的一句话就是一篇散文？难怪你说，诗可以一句一句地读。

有时候，你可以一个字一个字地读。（哦？）有时候，你读一首诗，你对那首诗不能了解，不能接受，好像白费时间。——你的时间不会白费，里面总有一个字吸引你，你从这个字的用法看见文心。例如"水声激激风生衣"，不是风吹衣，不是风拂衣，是风生衣，整句诗全靠一个"生"字。

风生衣是不是衣上生风？（我想是的。）我当初在成语字典上看见这四个字，字典的解释是风拂起衣襟。我对这个解释有些疑惑。

风拂起衣襟也没错，不过只限很小的风，轻柔的风，风吹过来，简直没引起你的注意，直到衣襟飘上来，你觉得好像是衣襟扇出风来。这才是衣上生风。

风那么轻，那么柔，又怎能把衣襟掀起来呢？

噢，这得解释一下。从前的士人多半穿长衣，很少短打。天气温和，衣服的质料应该很薄。这种衣服的大襟招风，像是江心的船帆。所以"衣上生风"也不全是诗人的主观。

这么说，"衣上生风"现在用不上了？我们的制服太短，我们的风衣太厚，都不合"生风"的条件。也许女同学的裙子能

"裙下生风"。

不行,"裙下"两个字另有固定的涵义,不能轻易改变。衣不生风,也就算了,你有没有见过雾由无而有,由淡而浓、渐渐淹没了树林?那些雾就像从树身上蒸发出来。在你眼里衣不生风,树可能生雾。

我不大会描写风景,看看同学们的作文簿,也多半不大注意写景。读诗能不能增加我写景的能力?

能,你已经学会了"树生雾"。有没有读过"天边树若荠,江畔洲如月"?(读过。)这两句诗使我们想起"大远景手法",把洲和树林都缩小了。

"千山鸟飞绝,万径人踪灭"是不是大远景手法?

我想不是,大远景可以把千山万径尽收眼底,但是鸟和人就无从谈起了。"千山鸟飞绝"应该是电影的"摇镜",镜头由左到右摇过去,画面像个手卷次第展现,这才看得出山中无鸟,径上无人。

远看一处攒云树,——

太远景。

近入千家散花竹,——

这是"推镜",摄影机往前推,景的纵深一步一步显现出来,犹如我们走进桃源,一面走一面看两旁的屋舍人家。

暮从碧山下,山月随人归,——

这一句"山月随人归",使我联想到另一句"星月似随吾马东",它们之间有衍生的关系。秋风未动蝉先觉,春风未动梅先觉,春江水暖鸭先知,三者也有衍生的关系。你看,诗不但可以帮助散文,诗也帮助诗。

散文和散文之间有没有这种衍生的关系?

有,不过不像诗这样容易体会。先看诗怎样帮助诗,再想诗怎样帮助散文,最后再想散文怎样帮助散文。

模仿?

先有"山月随人归",后有"星月似随吾马东",意思模仿,句法不模仿;先有"秋风未动蝉先觉",后有"春风未动梅先觉",句法模仿,意思不模仿。这种衍生应该受到鼓励。

不得了,诗真是个宝贝,每一句都有用处。

可不是?你再想想看;"暮从碧山下,山月随人归,却顾所来径,苍苍横翠微,"这回头一看,是写景的一个奇招。你写游记,最后离开海滩,踏上归途,有没有回头一看?

忘记了有这一招?

下次记住了。有许多感觉,我们可能忘记了,诗提醒我们。例如我们写文章一向注意视觉和听觉,"两个黄鹂鸣翠柳,一行白鹭上青天",既好看,又好听。可是我们还有嗅觉呢,还有触觉呢。

风生衣就和触觉有关系？

有一句"霜凄万木风入衣"，要用触觉来欣赏。注意那个"凄"字，霜使所有的树木变得很凄凉，所有的树木都裸露在寒冷的空气里，这时人在野外，风入衣里，——不是风生衣，是风入衣，风把衣服穿透了，风从领口袖口钻进来了。

别说了，我要感冒了。

有一句"沙鸟迎人水气腥"，海水有腥气，沙鸥身上也就有腥气，沙鸥朝我们飞过来，把水的腥气带来了，你看诗人的嗅觉有多灵敏！

我知道我该怎样读诗了。你刚才说"不学诗，无以写散文"，我还以为你开玩笑呢。你说，我该花多少时间读诗？

你啊，你读一辈子！

（以上两篇选自《作文十九问》之第一、第十四，北京三联书店出版）

我学习的三个阶段

（一）文从字顺

清朝有一个读书人名叫陈沆，嘉庆年间中了状元。有一次，皇帝问他一共认识多少字？他回答："臣识字不多，用字不错。"这个答案漂亮，对皇上谦卑，对自己肯定，两面都顾到了。

我们白话文作家，比起当年埋首在文言古籍里的读书人，大概识字不多。就汉字的总量而论，一九九四年出版的《中华字海》，收录了八万五千字，北京的国安信息设备公司汉字字库，收录了九万一千字，我们能认得多少？

虽然识字不多，既然以写文章为专长，应该用字不错。必须说明，这有两个尺度，在文字学家眼里，我们用字常常错，总是错，所以早期的国学大师说，写白话文的人都是文盲。这个尺度是学术的尺度，今天且休管它。还有一个尺度，这个字大家都这么用，虽然和《尔雅》《说文》不合，当代的汉语词典也收进去了，这叫"约定俗成"，我们都约好了：说一匹马、一头驴，不说一头马、一匹驴，我们说黄埔军校、人民大学，不说黄埔军学、人民大校。所谓用字不错就是没有违反约定俗成,这样写出来的文章算是"文从字顺"。

文从字顺是写作的基本条件,有些文字工作者居然没做到,而且其中有名家名作。中文《圣经》有多种译本,我从小诵读的版本叫"官话和合译本",又叫"汉语和合本",由圣经公会印行的,这是销路最广、使用者最多的版本。这个译本是新教在中国发展的大本,但是教内教外都有人不满意。教内的人从神学观点出发,姑置不论,教外的人总认为文法语法上的瑕疵太多,没有"经"的风格。

例如《使徒行传》第二章第二十四节:"神却将死的痛苦解释了,叫他复活。"在这里,"解释"一词恐怕是用错了。新译本的译文是:"上帝却把死的痛苦解除,使他复活了。"比较一下,"解除"合乎约定俗成。现代中文译本译得更好:"上帝使他从死里复活,把死亡的痛苦解除了。"单词"死"改成复合"死亡",又把那个生硬的多余的"却"字拿掉,很顺当。

例如《启示录》第十三章第十二节:"死伤医好了的头一只兽。"

这句话的主词应是那一只兽,它受过伤,医好了,至于那个"死"字,现代本的译文是"那曾受过致命重伤又医好了的头一只兽",新译本的译文减少了三个字,"那受过致命伤而医好了的头一只兽",比较简洁。受过伤,"过"字已经表现了时态,"曾"可以省去,致命伤即是重伤,"重"字可以省去。"又"字表示由受伤到医好之间的转折,留下来比较好。

例如现代本《约翰福音》第一章,施洗约翰看见耶稣来了,马上对现场的听众说:

"看哪!上帝的羔羊,除掉世人的罪的,这一位,就是我说过'他在我以后来,却比我伟大,因为我出生以前他已径存在了!'那一位。"

除非营造特殊效果,我们说话作文都不会使用这样冗长的句子。依照我们大多数人的习惯,应该是"看哪,上帝的羔羊、替世人赎罪的羔羊来了!我以前说过,他来得比我晚,但是比我伟大,因为在我出生以前他已经存在了,我说的就是这一位。"

那样臃肿的句法,一个长句里面包含几个短句,应是"直译"造成,翻译对白话文学有许多正面的影响,也有负面的作用,那样的表达方式看也看不明白,听也听不清楚,白话文学号称"我手写我口",我们的日常语言没有这种造句,白话文学又期许"汉语的文学,文学的汉语",将来中国人说话也不需要这种句子。这是翻译对白话文学的连累,除非有特殊需要,我们要提高警惕,预防感染。

说到感染,我们接触电视和网络的机会更多,电视作业的时间仓促,网络没有"守门人"过滤,文字的瑕疵常见。"太阳眼镜不是有色就好?"什么意思? 没有颜色才好? 看后文,才知道太阳眼镜的颜色有讲究,户外活动者适合茶色、灰色、墨绿色的镜片,夜间骑单车者适合黄色镜片,计算机族适合粉红色、橘色、蓝光镜片,"不是有色就好"。这么说,一个人需要好几副太阳眼镜。想好好地保护眼睛还真麻烦,想文从字顺也不能马虎。

你或许会说,太阳眼镜当然有颜色,读者又不是没见过太阳眼镜,大家语境相同,怎么会有误解? 那么请看另一条新闻的标题,记者报道某歌星的近况,说是"专辑不卖",不卖? 非卖品吗? 唱片公司既然录制了专辑为什么又不卖? 专辑明明摆在商店的柜台上橱窗里,怎么会不卖? 原来是卖不掉,并非不肯卖。戏院的生意差,可以说不卖座,这个"不卖"是卖不掉,舞女不卖身,这个"不卖"是不肯卖,上下文决定"不卖"的意义,彼此不能通用也不能转移,"专辑不卖"只能表示卖不掉,不能表示不肯卖,这是约定俗成,尽管理所当然,还是要文字健全。

说到文字健全,奉送新闻界的一个小掌故。某地为了救灾,发起"万人健行募款",召唤大伙儿上街游行,沿途请路旁的商家住户捐款,仿佛出家人沿门托钵。为了拉抬声势,主办单位特意邀请一些名人参加,所以张三来了,李四带着太太也来了。第二天,报纸特别在新闻标题里面写出他们的名字,说是"张三李四伉俪参加"。在健行募款的队伍里,张三和李四伉俪本是三个人,看新闻标题,张三和李四是夫妇二人,这两人都是男子,怎么成了夫妇,难道他们搞同性恋?难道同性恋在这里合法了?当然,就事实而论,张三李四都是小区名流,读者大众怎会误解他们是夫妇?美国人会误以为奥巴马和克林顿是夫妇?不过,就写作而论,这是病句。

病句,名家笔下未能尽免,作者的大名不可说,仅仅借鉴他们的文句已经是冒犯了。例如:

"身材瘦削素昧平生的中年妇女安慰着对我说:……"

"安慰着对我说",用安慰的语气对我说?想安慰我,她对我说?对我说:……她这样安慰我?都可能,何必写成那个样子?

"由于从小爱好文学的原因……"

由于从小爱好文学?因为从小爱好文学?"由于"和"原因"有一个就够了。有人写成"由于从小爱好文学的缘故",倒是约定俗成了,但是并不值得模仿。

"在恼人凄清的天气,不能享得这般浓福,则你们一瞥

时的天真的怜念,从宇宙之灵中,已遥遥地付予我以极大无量的快乐与慰安!"

这位作者出门在外,孤身一人,想到那些小朋友都在家中享受天伦之乐,于是说:如果你们在欢笑之余能偶然想到我,即使这个心念一眨眼工夫就消失了,心电感应,你们也能把快乐传递给我,让我分享。

他不说这么大的福气,他说"浓福",不说忽然,刹那间,他说"一瞥时",今天白话文不再使用的那个"则"字,还舍不得换成"那么"或"那时"。

"我们自动地读书,即嗜好地读书,请教别人是大抵无用,只好先行泛览,然后抉择而入于自己所爱的较专的一门或几门。"

作者主张凭兴趣读书,也就是以读书为个人的嗜好,凭嗜好读书写成"嗜好地读书",有欠商量。"入于自己所爱的较专的一门或几门",平易一点,就是"你喜欢哪一门再入哪一门",何必个人色彩那样强烈呢!

英文里头有句话:"老狗不学新技。"胡适处处提倡白话,他在引用这句话的时候,说成"老狗学不会新把戏"。有学问的人说,英文里头还有一句话:"狗永远不会老得到了不能学新把戏

214

的地步。"这话更有意思,可是这句中文是很差劲的中文,这样的句子欠"顺",我们不必"从"。想想看,换个说法怎么样? 老狗仍然可以学新把戏? 狗无论多么老,都还有学习的能力?

(二) 意新语工

"写文章无非两个问题,一个是写什么,一个是怎么写。"这是我们通俗的说法,如果把学者的语言搬过来,一个叫"内在的构意",一个叫"外在的构词",构,就是营造,修辞造句固然要选择锻炼,起心动念也得导引升华。这一步,前贤称为"意新语工",内在的构意求新,外在的构词求工。"工"是内行,是到位,是达到技术上的高度要求,你看跟"工"字合成的那些词:工巧,工整,工稳,工致,工丽,工绝,也就尽在不言之中。

这一步功夫,通常是在你我做到了"文从字顺"之后,更进一步的突破。文从字顺是:这句话别人怎么说,我也怎么说。这是一个必经的阶段,但是做作家不能停留在这个阶段上,前面还要行远登高,要做到与别人不同,构意不苟同,构词也不雷同。当然并非完全立异,要在重要的地方标新。我们是同行,我们做一样的事情,但是有些东西我有、你没有,当然,也有一些东西你有、我没有,大家各有特色,大家才都有一个席位。

多少人回忆小时候用毛笔写字的经验,写成散文,现在来看看宣树铮怎样构意和构词。他幼时写毛笔字从"描红"开始,描红的"红"是学习的范本,楷书大字用红色印刷在纸上,描红的"描"是学童用毛笔蘸墨压在红色的笔画上,黑色的部分要正好把红色的部分盖满,不露红,也不超出。学童练字多半不能一气呵成,分心的事情耽误了时间,毛笔的笔尖就干燥了,那时流行的习惯是把笔尖含在嘴里让它软化,书香之家的孩子放学归来,嘴唇多半留下墨痕,就像油漆匠收工的时候裤管有油漆,厨房丫头上菜的时候衣襟上有几滴酱油。宣树铮说,他描红的时候"往往连自己嘴唇上的两片红也给描了",这句话漂亮。

描红的阶段过去了,以后是临帖,"帖"是名家书法的复印品,写字的人一笔一画模仿它,你这时写字只用一张白纸,帖上的字好像在这张白纸上显影了,老师要求你照着字帖一遍一遍地写,直到你写出来的字跟它一模一样。这是深化了的描红,精神上的描红,没有描红那样轻松,手心出汗,前胸后背也出汗。那时宣树铮临柳公权的《玄秘塔》,柳公权的笔画如一张拉满了的弓,比画起来加倍辛苦,他说天天早起"爬"玄秘塔,这个"爬"字用得漂亮。联想一下:如果临摹《颜氏家庙碑》,也许恨不得一头碰死在碑上,如果临摹《九成宫》,简直等于做了不见天日的宫女。

宣树铮的文章继续说,三年以后他换了老师,也换了习字的模板,他临摹陆润庠的《晚游六桥待月记》。改换字帖的原因可能是:陆润庠是苏州状元,宣树铮是苏州人,同乡相亲;陆氏的楷书工整之中有柔美,接近宣树铮的气质。《晚游六桥待月记》是一篇短文,原作出于晚明"三袁"的袁宏道之手,陆氏略加改变,为后学留下一部楷书的习字帖,"晚游"的地点是西湖,文章潇洒得很,这样临帖的压力就小了。宣树铮天天上书法课,他和帖中每一个字如此亲密,每一个个都对他发酵,对他孵化,他留连于文字幻境之中,依宣氏自己的说法,他"以笔作舟,游了三四年西湖,直到小学毕业。"小孩子学写毛笔字本来有些"不堪回首",宣树铮的构意童趣盎然,构词也别出心裁,以致平凡的经验变得新鲜特殊。

一个人若是想做书法家,他不能永远临帖。临帖的人可以把帖上的每一个字写得很好,但是他不能(或者不敢)写碑帖上没有的字。当年《北京晨报》的文学副刊请一位擅长隶书的名家题字,隶书中没有"刊"字,他就把"副刊"写成"副镌",刊、镌读音不同,都是砍削的意思,也都有雕琢的意思,后来也都有刻字的意思,在木板上刻字或者在石头上刻字。其实隶书是某种特殊线条组合成某种特定的形体,临帖是为了掌握二者的奥妙,等到得心应手,你可以用那种线条和形体的美学原理写一切汉字。这位书家的态度恐怕是太保守了吧?也好,他这么一"尊古",给我们的新文学史添了一则掌故。

若把书法比文学,只写碑帖上有的字,就是文从字顺,也写碑帖上没有的字,就是意新语工,这两者在学习过程中有分歧。有一个学生托他的哥哥买萝卜糕,买回来的是萝卜干,这学生在作文里面记述经过,自称是"一念之差",老师批评他用错了成语,这就是追求文从字顺和追求意新语工有了冲突。萝卜糕错成萝卜干,"糕"和"干"双声,诉诸听觉容易混淆,所谓一念之差是口中出声的一念,不是心中无声的一念,一字双关,以前的确没人这样用过,现在作者要扩大这句成语的涵义,老师认为违背了这句成语的原义。通常语文教师和文学刊物的编辑都捍卫语文成规,作者总是尝试突破,现在网络没有人把关,就成了实验新语言的大杂院。

原则上,追求意新语工应该受到鼓励,以前没人"爬"玄秘塔,我们赞成宣树铮去爬,以前没有人"绿"江南岸,我们赞成王安石去绿。以前也没见过像企业家李嘉诚这样说鸡蛋的:"从外面打破是食物,从里面打破是生命。"我举手赞成,低头观摩。

意新语工有时不可兼得,作家退而求其一。春天,江岸生出青草,并没有什么稀奇,"春风又绿江南岸"语工而意未必新。企业家李嘉诚说"鸡蛋,从外面打破是食物,从里面打破是生命",每个家庭主妇都知道,可是没人像他这么说过。"老,不是一个阶梯、一个阶梯退化,有时候,经常是一层楼一层楼崩坍",这话是简嫃说的,是啊,我们见过多少老人,摔了一跤,或者进了一次急诊室,前后就不是一个人了。"恶人像秋天的红叶,不是生成的,是变成的",这话是谁说的?是啊,我们念过多少遍,"人之初,性本善,性相近,习相远"啊。

清嘉庆道光年间张素含写的《蜀程记略》,记述张素含过河南荥阳,想起当年楚汉相争,刘邦在此几乎被俘,幸而刘邦左右有个纪信,相貌和刘邦相似,他冒充刘邦开城出降,转移了项羽的注意力,刘邦得以脱围而出。项羽大怒,活活地烧死了纪信,而刘邦对这件事似乎并未放在心上,于是诗人下笔有一个崭新的角度,却用传统的七绝来表达:

走刘误项拚身焚,围解荥阳第一勋。

功狗功人都记忆,如何忘却纪将军?

四川省书画学院《岷峨诗稿》,四川多山,诗人咏山,孔凡章"山共松涛涌",白话文"山是凝固的波浪,浪是沸腾的山峰"前人说过,马识途形容群山"踞似猛虎卧似龙",历史掌故有李广射虎,成语有龙盘虎踞。张素含《蜀程记略》,"乱后过剑州""历乱白杨新战骨,模糊焦土旧兵坛。"以白杨喻战骨,使人有身历其境、毛骨悚然之感。旧兵坛因风雨剥蚀,因而"模糊",诗人想到的是战火造成的焦土,战火惨烈,可见一斑。剑州在四川北部,官军平白莲教之乱,在此杀戮甚众。以上这些诗句的意境前人都有,诗人用自己的修辞造句。

新诗人对"语工"有重大贡献,提供了很多教材。简政珍写"咳嗽",杜甫说"凉风起天末",他说"当天气讲风凉话的时候";莎士比亚说"他的呼吸和她的呼吸接吻了",简政珍说"母亲接收幼儿哈欠里温暖的细菌"。接下去:咳嗽的母亲/必须北上看她的母亲是否也咳嗽/一群雀鸟度量了人间荤食的版图后/在电线杆上群集/准备迎接南下候鸟的/咳嗽。连"意新"也有了。

美国副总统号称"汽车的第五个轮胎",除非他后来继任大位,难免默默无闻。有一位副总统却因为意新语工留下佳话逸事,流传不衰。他说,在婚礼中,他希望是新娘;在葬礼中,他希望是尸体。他的意思是做事件的重心,众人注意的焦点。做新娘,我们想得到,做尸体,那就匪夷所思了。他去参观一所幼儿园,对一群四岁的娃娃讲话,他问:"有四岁小孩想当副总统的没有?"举起一片可爱的小手,他又问:"有副总统想当四岁小孩的没有?"全场愕然,只见他自己慢慢地举起手来。

（三）言近旨远

也有人写成"言近指远"。言,说出来的话、写出来的文字。近,眼前景、身边事、现实生活。旨,你这些话、这篇东西的涵义。远,除了语言文字本身的意义,还有脱离了、超出了语言文字,自行延长、升高的意义。人人都有这样的阅读经验:我们被一篇文章吸引,文章结束了,作者并没有把话说完,我们放下书,可是并未退出那篇文章,我们参与进去,发挥一番。读者喜欢这样的文章。

请看林文月《翡冷翠在下雨》的结尾:

> 这时有钟声传来。发自远方近方,大大小小各寺院的钟声齐响,每一个行人都习惯地看一看自己的手表。
>
> "请对时吧,这是五点半的钟声。"
>
> 我也看了看手表。一点三十分,这是台北的时间。有一滴雨落在表面上。

翡冷翠是意大利的文化古城,又译"佛罗伦萨",诗人徐志摩给它换了一个很美的中文名字。林文月女士这篇游记以钟声报时、游客对表结束,本来平淡寻常,可是他的手表仍是台北时间,虽然"大大小小各寺院的钟声齐响",好像外面的压力很大,他也只是"看了看手表",并未拨动时针,这个写法与众不同,耐人寻味。

为什么自己的手表还是台北时间？行程匆忙,忘了调整吗？为什么远近高低、四面钟声提醒,仍然没有行动呢？有人可能联想到乡土意识、乡土中心,在扰攘的外境中定静。这天翡冷翠微雨,他看表的时候"有一滴雨落在表面上",神来之笔,戛然而止。只有一滴雨,表面虽小,还可以承受这一颗水珠,玻璃表面上更显出晶莹,动人心弦。忧时伤世的读者,可能联想到一滴清泪,周梦蝶的粉丝,也许顺口诵出"直到高寒最处,犹不肯结冰一点水"。……这些都是读者的事,其中可能与作者的意思暗合,也可能全不相干。

林清玄《水牛的红眼睛》很精短,适合举例:

有一次,我和一位农人与他的水牛一齐下田,我看到那头水牛的巨眼是红色的,像烧炙过的铜铃。我问起那位农人,他说:"所有耕田的水牛都是红眼的,因为它们被穿了鼻环。"

据说很久以前,当水牛没穿鼻环、没有下田的时候,它们的眼睛是黑白分明的,在耕田以后,它们没有流泪,却红了眼睛。

读这篇文章我立刻想起水牛的鼻环,那是两个鼻孔之间最敏感的部位,狠心的人从那里打个洞,牛从此戴着僵硬的刑具,任人驱使,对一个十岁的幼童也要服服帖帖,看到它永远发炎的眼睛,设想它在心理上、生理上受到永远的伤害。可怜的水牛,一代又一代,什么时候才得到解救呢?

海明威告诉我们:文字越简练越好,文字背后隐藏的故事越复杂越好。

我没有仔细观察过水牛。我见过全汉东画的牛,一群牛从黑暗里向我冲过来,牛眼瘦长,大约呈三十度锐角向上翘起,每一双眼睛都红,都有火,我还以为是田单的火牛阵呢。我想那是仇恨之火,它们终于集体暴动了,画家在替他们鸣不平。人是万物之灵,也是万物之敌,人愚弄奴役一切动物,例如狗,狗夜晚睡眠的时候用尾巴掩住鼻孔,人把狗的尾巴剪短,用它看家护院,它终生不能安眠。……

历史上,某些人中豪杰同样用许多手段愚弄奴役苍生黎民……

画家自己什么也没说,任凭我们各自解读,所以人们喜欢画家。寓言本来也有这样的效果,可是《伊索寓言》每一篇都把结局固定了,龟兔赛跑一定是怎样怎样,乌鸦搬家一定是怎样怎样。有人不看他对龟兔赛跑预立的标准答案,自己设想各种可能,这一龟一兔反而流传更广,寿命更长。

也有一些文章,作家把要说的话都说了,他没有直截了当说出来,他用了一些间接的手法,例如他用比喻。

有些话只有表面的意思,两个人见了面,打个招呼,说一句"今天天气很好",天气就是天气,没有别的。苏格拉底挨了太太一顿骂,然后太太端起一盆水来倒在他头上,他向朋友解释:天气不好,先打雷后下雨。他说的"天气"就是一个比喻了。

《三国演义》记述赤壁之战,周瑜决定用火攻对付曹操的战船,当时两军对峙,火攻要有东风助势,可是冬天怎会有东风?于是周瑜请了病假,不去办公,拖延时间。那时诸葛亮在东吴做客,前往探病,两人也谈到天气。诸葛问,都督何以忽然病了?周瑜说"人有旦夕祸福"嘛,诸葛亮接一句,岂不闻"天有不测风云"?天有不测风云,人有旦夕祸福,本是古老的成语,两句相连,周瑜、诸葛二人说了一句,周瑜是实话实说,诸葛是话中有话,暗示风云变幻难测,冬天未必没有东风,周瑜一听,自己的心事,也就是东吴的军事机密被人家说穿,马上脸色变了。

《三国演义》另有一段记载,东吴的张温奉派到西蜀作友好访问,遇见秦宓,两人有一番问答:

张:天有头吗?(天下有最高领袖吗?)

秦:有头。(有最高领袖。)

张:头在何方?(领袖在那里?)

秦:头在西方。(领袖在西蜀。《诗经》说"乃眷西顾",

天的眼睛看着西蜀。）

张：天有耳朵吗？

秦：有耳。《诗经》说，"鹤鸣于九皋，声闻于天。"鹤在水泽里叫，天能听见。

张：天有脚吗？

秦：有脚。《诗经》说"天步艰难"，上天行走很困难，没有脚怎么行走？

张：天有姓吗？

秦：有姓。

张：姓什么？

秦：姓刘。

张：怎么知道姓刘？

秦：我们蜀国的国君是天子，天子姓刘。

张：日出于东。（新朝代已在东方兴起，那就是我们东吴。）

秦：日出于东而没于西。（你们如果侵略西蜀，一定灭亡。）

这一问一答，表面文质彬彬，内里针锋相对，谜面是茶余酒后闲扯，谜底是外交气势、国家颜面。

二次大战期间，英国首相丘吉尔文才武略，倾倒一时，每有大事临头,新闻记者追着他问长问短,他常常说:"留着一半让敌人去猜。"我们写文章,要明白晓畅,也要有余不尽,让读者有参与的空间,套用丘吉尔的话,"留着一半让读者去想"。明白晓畅是已经写出来的部分,有余不尽是没有写出来的部分,两者并不冲突。

有时候,作家利用语言文字的歧义。一个字或者一句话,可以是这个意思,也可以是那个意思。有位老太太想把他的房子分出一间来出租,房客限单身一人。某男士看见出租广告,来了,某女士看见出租广告,也来了,这两个要租房子的人并不认识。房东老太太打开大门看见他们俩,声明不租给结了婚的人,来租房子的某女士连忙声明:"我们并没有结婚。"房东老太太大惊:"没结婚?那我更不租给你们了!"你看,老太太说的话和某女士说的话都有歧义,我说出来的是这个意思,你听进去的是那个意思。

歧义本来是沟通的大忌,语文训练要努力预防,可是,有时候,使用语言文字的人又故意操作歧义,产生更好的效果。历史上楚汉相争的时候,汉军的统帅韩信可以左右政局的发展,谋士蒯通来替韩信看相,他说:"将军之面,位不过封侯;将军之背,贵不可言。"面,韩信的脸,另一个意思是做臣子,听命令;背,人体的另一个生理部位,也可以解释为违反,脱离,蒯通是来劝韩信自己做开国的君王。当时的语境和两人的身份,蒯通不能用大白话直接说出来,他用"面"和"背"的歧义曲折表达,等于使用密码。文学训练有一个项目,就是从预防歧义进一步到制造歧义,使歧义成为我的表现手法,歧义可以使读者的思路活跃起来,想得更多。

据说,二次大战期间,希特勒决定进攻法国,法国自忖必败,决定投降,事先派人去见英国的丘吉尔,说明苦衷。丘吉尔听完来使的陈述之后,他用法文说了一个字,这个字可以表示"理解",我知道你为什么这样做,也可以表示"谅解",我同情你必须这样做,两者有很大的差别。法国人一听,他们盟国的老大哥可以"谅解",就放心投降了。有人说,丘吉尔故意模棱两可,让法国去选择"谅解",他自己保持"理解"。

《新约》记载,有人问耶稣是否应该向国王纳税,那时耶稣鼓吹建立地上的天国,这一问来者不善。耶稣教那人拿出一枚钱币来,问他钱币上面的人像是谁,当然是国王,于是耶稣说,上帝的归上帝,国王的归国王。(原句是西泽的归西泽。)钱币,人像,都是具体事物,"上帝的归上帝,西泽的归西泽"把调门拔高了,把视野扩大了。那人提出来的是"个案",耶稣提出来的是"通则",一个通则可以包括许多个案,包括钱币,包括纳税,包括世俗的许多权力,他一句话化解了精神世界和物质世界的冲突。据说后世的教会根据耶稣的这句话,建立了"政教分离"的原则。

秦观有一首词,开头说:"纤云弄巧,飞星传恨,银汉迢迢暗渡。"这是说牛郎织女的故事,具体。紧接着:"金风玉露一相逢,便胜却人间无数。"这把调门拔高了,把视野扩大了,几乎连你我也包括进去了。这首词分成两段,下一段(下片)的开头也是说牛郎织女小两口儿,很具体:"柔情似水,佳期如梦,忍顾鹊桥归路,"后来又忽然拔高:"两情若是久长时,又岂在朝朝暮暮?"俨然建立了一种爱情哲学,天下后世多少梁山伯和祝英台,多少罗密欧和朱丽叶,都从这里找到支持。

一篇散文,以文从字顺为基础,篇终有言近旨远的效果,中间时时闪耀意新语工的光芒,这就是一篇及格的散文了吧?

(选自《滴青蓝》,北京商务印书馆出版)